Petits crimes conjugaux

Eric-Emmanuel Schmitt

Petits crimes conjugaux

Albin Michel

© Éditions Albin Michel S.A., 2003
22, rue Huyghens, 75014 Paris
www.albin-michel.fr
ISBN 2-226-14158-8

La nuit dans un appartement.

Bruits de clés et de verrous.

La porte s'ouvre, faisant glisser deux ombres entourées par la lumière ocre du couloir.

La femme pénètre dans la pièce, l'homme reste sur le seuil, en arrière, une valise à la main, comme s'il hésitait à entrer.

Lisa se précipite sur les lampes et les allume vivement, l'une après l'autre, impatiente de rendre le lieu visible.

Une fois qu'elle a tout illuminé, elle désigne l'appartement, les bras ouverts, comme si elle avait préparé le décor d'un spectacle.

Petits crimes conjugaux

LISA. Alors ?

Il hoche la tête négativement. Inquiète, elle insiste.

LISA. Si ! Prends ton temps. Concentre-toi.

Il pose un regard consciencieux et exhaustif sur chaque meuble puis courbe le cou, vaincu, piteux.

LISA. Rien ?
GILLES. Rien.

Ne pouvant se satisfaire de cette réponse, elle lui fait poser sa valise, referme la porte et le prend par le bras pour le conduire jusqu'à un siège.

LISA. Voilà le fauteuil où tu aimes lire.
GILLES. Il m'a l'air épuisé.
LISA. Je t'ai proposé cent fois d'en changer le tissu mais tu m'as répondu que je devais choisir entre le tapissier et toi.

Gilles s'assoit dans le fauteuil. Il grimace de douleur.

GILLES. Il n'y a pas que le tissu à changer, il me semble qu'un des ressorts est plutôt agressif.
LISA. Le ressort intellectuel.
GILLES. Pardon ?
LISA. Tu prétends qu'un fauteuil n'est sain que s'il est inconfortable. Ce ressort qui te rentre dans la fesse gauche, tu l'appelles le ressort intellectuel, l'aiguillon de la pensée, le pic de la vigilance !
GILLES. Suis-je un faux intellectuel ou un véritable fakir ?
LISA. Assieds-toi à ton bureau.

Docile, il la suit mais considère la chaise avec méfiance, y passant préalablement la main. Lorsqu'il s'assoit, on entend le métal couiner. Il soupire.

GILLES. Ai-je aussi une théorie sur les sièges qui crissent ?
LISA. Evidemment. Tu refuses que j'y mette une goutte d'huile. Tu considères chaque grincement

comme une sonnette d'alarme. Un tabouret rouillé participe activement à ton combat contre le relâchement universel.

GILLES. Aurais-je des théories sur tout ?

LISA. Presque. Tu ne supportes pas que je range ton bureau, appelant le chaos dans lequel tu entasses les papiers l'« ordre d'archivage historique ». Tu assures qu'une bibliothèque sans poussière est une bibliothèque de salle d'attente. Tu estimes que les miettes, ça n'est pas sale puisque nous mangeons le pain. Tu m'as même soutenu récemment que les miettes sont les larmes du pain qui souffre lorsque nous le déchiquetons ; conclusion : lits et canapés sont pleins de chagrin. Tu ne changes jamais les ampoules grillées sous prétexte qu'il faut porter le deuil de la lumière pendant quelques jours. Après quinze ans d'études et de proximité conjugale, je suis d'ailleurs parvenue à ramener tes multiples théories à une seule thèse, mais fondamentale celle-ci : ne rien faire dans une maison !

Il a un sourire désolé, très doux.

GILLES. Vivre avec moi est infernal ?

Surprise, elle se tourne vers lui.

LISA. Tu m'attendris lorsque tu poses cette question.

GILLES. Et ma réponse ?

Elle ne dit rien. Comme il attend, elle finit par concéder avec une tendresse pudique :

LISA. C'est sans doute infernal mais... d'une certaine façon... je tiens à cet enfer.
GILLES. Pourquoi ?
LISA. Il y fait chaud...
GILLES. Toujours, en enfer.
LISA. Et j'y ai ma place...
GILLES. Lucide Lucifer...

Apaisé par sa déclaration, il dirige son attention autour de lui en caressant les objets à sa portée.

GILLES. Etrange... j'ai l'impression d'être un nouveau-né adulte. Depuis... Depuis quand d'ailleurs ?

Petits crimes conjugaux

LISA. Quinze jours...

GILLES. Déjà ?

LISA. J'ai trouvé ça long.

GILLES. J'ai trouvé ça court. *(Pour lui-même.)* Me réveiller, un matin, à l'hôpital, la bouche molle comme si je sortais de chez le dentiste, des picotements dans les joues, un bandage autour de la tête, un poids dans le crâne. « Qu'est-ce que je fais là ? Aurais-je eu un accident ? Enfin, je suis vivant. » Le réveil comme un soulagement. Toucher mon corps comme si on venait de me le rendre. Je vous ai raconté le...

LISA *(le corrigeant)*. Tu !

GILLES *(se reprenant)*. Est-ce que je t'ai raconté le coup de l'infirmière ?

LISA. Le coup de l'infirmière ?

GILLES. Une infirmière pousse la porte. « Contente de vous voir les yeux ouverts, monsieur Sobiri. » Je me retourne pour voir à qui elle s'adresse, je découvre que je suis seul dans la chambre. Elle insiste. « Comment allez-vous, monsieur Sobiri ? » Elle a l'air sûre d'elle. Fatigué, je mobilise mes forces pour lui répondre quelques mots. Quand elle part, je rampe sur mon lit pour arracher la feuille de température : on y a inscrit ce nom, Gilles Sobiri. « Pourquoi m'appellent-ils comme cela ? Qui s'est trompé ? » Sobiri ne m'évoque rien. Mais, dans le même instant, je peine à donner une autre identité, il ne me revient que des noms d'enfance, Mickey, Winnie l'Ourson, Fantasio, Blanche-Neige. Je me rends alors compte que je ne sais plus qui je suis. J'ai perdu la mémoire. Cette mémoire-là. La mémoire de moi. En revanche, je me rappelle toujours mes déclinaisons latines, mes tables de multiplication, mes conjugaisons russes, mon alphabet grec. Je me les récite. Ça me rassure. Le reste va me revenir. Comment pourrait-on posséder parfaitement sa table de multiplication par huit – la plus difficile, tout le monde est d'accord – et oublier qui l'on est ? Je tente de ne pas paniquer. J'en viens même à me convaincre que c'est mon bandage qui, me serrant trop les tempes, comprime ma mémoire ; dès qu'on me l'ôtera, tout rentrera dans l'ordre. Médecins et infirmières se succèdent. Je leur apprends mon amnésie. Ils me considèrent gravement. Je leur explique ma théorie du bandage. Ils ne contrarient pas mon optimisme. Quelques jours plus tard, une autre infirmière, une belle femme, qui n'a pas mis sa blouse, entre dans ma chambre. « Canon, la nouvelle infirmière ! me dis-je. Mais pourquoi reste-t-elle en civil ? » Elle ne parle pas, elle me regarde en souriant, elle m'attrape la main et me caresse les joues. Je suis en train de me demander si on ne m'a pas envoyé une nurse très spéciale, une nurse avec mission spécifique, « service mâles en souffrance », une nurse de la brigade des putes, lorsque l'infirmière en civil m'annonce qu'elle est ma femme. *(Il se tourne vers Lisa.)* Au fait, en êtes-vous certaine ?

LISA. Certaine.

GILLES. Vous n'êtes pas en service commandé ?

LISA. Tu dois me tutoyer.

GILLES. Vous n'êtes pas... tu n'es pas...

LISA *(l'interrompant)*. Je suis ta femme.

GILLES. Tant mieux. *(Un temps.)* Et vous êtes... tu es certaine de nous avoir ramenés chez nous ?

LISA. Certaine.

Il considère une nouvelle fois la pièce où il se trouve.

GILLES. Sans vouloir tirer de conclusion hâtive, je crois que je préfère ma femme à mon appartement.

Ils rient. Un vrai désarroi doit percer sous l'humour de Gilles. Il souffre.

GILLES. Qu'allons-nous faire ?
LISA. Ce soir ? T'installer. Et reprendre la vie comme avant.
GILLES. Qu'allons-nous faire si la mémoire ne me revient pas ?
LISA *(troublée)*. Elle reviendra.
GILLES. Je suis à bout d'optimisme, j'ai fini mes tablettes.
LISA. Elle reviendra.
GILLES. Depuis quinze jours, on me serine ça, qu'il suffit d'un choc... Je vous ai vue, je ne vous ai pas reconnue. Vous m'avez apporté des albums photographiques, j'avais l'impression de feuilleter un annuaire. Nous rentrons ici, je me crois à l'hôtel. *(Douloureux.)* Rien ne m'est plus familier. Il y a des bruits, des couleurs, des formes, des odeurs, mais plus rien n'a de sens. Ça ne se raccorde pas. Il y a un univers, bien plein, bien

riche, qui a l'air cohérent, mais j'y erre sans y trouver mon rôle. Tout est consistant sauf moi. Moi a disparu.

Elle s'assoit auprès de lui et saisit ses mains entre les siennes pour le calmer.

LISA. Le choc se produira. Les cas d'amnésie définitive sont très rares.

GILLES. D'après le peu que je sais de moi, je suis tout à fait le genre de gars à avoir une réaction « rare ». Non ? *(Suppliant.)* Qu'allez-vous faire..

LISA. Tu !

GILLES. Que vas-tu faire si je ne me retrouve pas ? Tu ne vas pas vivre avec mon double décérébré, un singe qui me ressemble ?

LISA *(s'amusant de son angoisse)*. Pourquoi pas ?

GILLES. Pas si tu m'aimes, Lisa, pas si tu m'aimes !

Lisa cesse de rire.

GILLES. Si tu m'aimes, moi, tu n'aimes pas mon jumeau. Mon apparence ! Une enveloppe vide ! Un souvenir qui ne se souvient de rien !

LISA. Calme-toi.

GILLES. Si tu m'aimes, tu m'accepteras défiguré, infirme, vieux, malade, mais à la condition que je reste moi-même. Si tu m'aimes, tu me veux « moi », pas seulement mon reflet. Si tu m'aimes... tu...

Lisa, agacée, se relève et arpente la pièce.

GILLES. Est-ce que vous m'aimez ?
LISA. Tu !
GILLES. Est-ce que tu m'aimes ?

Le contemplant avec douleur, Lisa se tait. Gilles réfléchit, laissant un temps entre chaque phrase :

GILLES. Suis-je aimé ? Suis-je aimable ? Seulement aimable ? Me voilà inconnu. Même pour moi. Je ne suis même pas certain de m'apprécier, je manque de matériel...

Il hausse les épaules. Elle le fixe bizarrement. Elle voudrait parler mais elle se retient. Un temps.

GILLES. Est-ce que vous l'aimiez, lui ?

LISA. Qui lui ?

GILLES. Lui ! Moi quand j'étais encore moi ! Votre mari !

LISA. Calmez-vous.

GILLES. Ah, vous me vouvoyez ! Vous n'êtes pas ma femme ! Il faut que je parte d'ici.

LISA. Gilles, calme-toi. Je m'y perds dans tes questions. Je t'ai vouvoyé par réflexe.

GILLES. Réflexe ?

LISA. Réflexe grammatical ! Tu me vouvoies et tu me parles de lui pour toi. Je ne sais plus où j'en suis.

GILLES. Moi non plus.

LISA. Que me demandais-tu ?

GILLES. Si tu aimais ton mari.

Elle sourit. Gilles est choqué qu'elle ne réponde pas.

GILLES. Si vous ne l'aimiez pas, c'est le moment de vous en débarrasser. Profitez de ce que lui ne soit plus lui, c'est-à-dire qu'il soit moi, pour le foutre à la porte. Me foutre à la porte. Enfin nous foutre à la porte. Faites le ménage ! Vous n'osez pas m'avouer que notre couple n'était plus heureux ? C'est cela ? Alors, profitons-en et clarifions la situation. Je m'en vais. Dites-moi de partir et je pars. Ça me sera facile, je ne sais plus qui je suis, je ne sais plus qui vous êtes. L'occasion idéale ! Dites-moi de partir, s'il vous plaît.

Lisa s'approche de lui, étonnée de le voir dans un tel état.

LISA. As-tu pris tes médicaments ?
GILLES *(irrité)*. Je souffre d'une façon qui n'est pas médicalisable ! Qu'est-ce que c'est que cette manie de vouloir me faire avaler une pilule dès que j'éprouve un sentiment ?
LISA *(éclatant de rire)*. Gilles !
GILLES. Et tu te moques de moi, en plus !
LISA *(ravie)*. Gilles, c'est merveilleux, tu vas mieux, tu te retrouves : c'est l'une de tes phrases fétiches : « Qu'est-ce que c'est que cette manie de vouloir me faire avaler une pilule dès que

j'éprouve un sentiment ? » ! C'est toi. C'est bien toi. Tu n'as jamais supporté les gens qui fuient leurs colères, leurs chagrins, leurs angoisses ou leurs indignations en absorbant des sédatifs. Tu as une théorie : notre époque est devenue tellement douillette qu'elle tente de médicaliser la conscience mais elle ne parviendra pas à nous guérir d'être des hommes.

GILLES *(agréablement surpris).* Ah oui ?

LISA. Tu ajoutais que la sagesse consiste non pas à s'abstenir de sentir mais à tout ressentir. Comme cela vient.

GILLES. Vraiment ? Alors en ménage comme en métaphysique, ma devise consiste toujours à... ne rien faire ?

Joyeuse de le retrouver fugitivement, elle l'embrasse sur le front.
Gilles la retient par le bras, ses lèvres effleurent les siennes.

GILLES *(lentement, à mi-voix).* Est-ce que c'est... physique... entre nous ?

LISA *(de même).* Très.

GILLES. M'étonne pas.

Ils demeurent nez contre nez, irrésistiblement attirés.

GILLES. Très... au sens de très fort... ou de très souvent... ?
LISA. Très fort. Très souvent.
GILLES. M'étonne pas.

Il va l'embrasser à pleine bouche mais elle se dégage.

GILLES. Pourquoi ?
LISA. C'est trop tôt.
GILLES. Ce pourrait être le choc.
LISA. Et un pour moi aussi.
GILLES. Je ne comprends pas.

Il tente de nouveau sa chance en cherchant le baiser. Elle l'arrête.

LISA. Non. *(Il insiste.)* J'ai dit non.

Elle se libère fermement, quoique sans violence.

Déconcerté, il parcourt des yeux la pièce puis, comme humilié, bondit sur sa valise.

GILLES. Je suis désolé, je pars. Ça ne marchera pas.
LISA. Gilles !
GILLES. Je pars !
LISA. Gilles.
GILLES. Si, si. Je préfère rentrer.
LISA. Où ?

La question arrête Gilles.

LISA *(avec douceur)*. Tu ne peux plus aller nulle part. *(Un temps.)* C'est chez toi, ici. *(Un temps.)* Chez toi.

Il grimace avec inquiétude.

GILLES. On se connaît ?

Elle opine en souriant.

GILLES. Je ne vous reconnais pas.

LISA. Tu ne te reconnais pas non plus.

GILLES. Qui me prouve que vous n'êtes pas allée à l'hôpital comme on se rend dans un refuge pour animaux abandonnés ? Vous êtes passée à l'étage des amnésiques en vous demandant lequel vous pourriez adopter. Vous vous êtes dit en me voyant : « Celui-là est plutôt mignon, il n'est pas très jeune mais il a de bons yeux, il semble propre, je vais le ramener à la maison en lui faisant croire que je suis sa femme. » Vous ne seriez pas veuve ?

LISA. Veuve ?

GILLES. On m'a parlé d'un réseau de veuves qui dirigent un trafic d'amnésiques.

LISA. Gilles, je suis ta femme.

Il pose sa valise.

GILLES. Raconte-moi. Aide-moi à me retrouver.

Lisa désigne les peintures accrochées au mur.

LISA. Qu'est-ce que tu penses de ces tableaux ?

GILLES. Du bien. Ils sont la seule chose que j'apprécie dans cet appartement.

LISA. Vraiment ?

GILLES. Ils ont l'air du même peintre.

LISA. Ils sont de toi.

GILLES *(par réflexe)*. Bravo moi. *(Surpris.)* De moi ?

LISA. Oui.

GILLES. En plus d'écrire, je sais... peindre ?

LISA. Il faut croire.

Gilles examine les tableaux, d'abord méfiant, puis ravi.

GILLES. Décidément, je découvre que je suis un type formidable, en dehors d'une petite déficience sur le ménage : bien marié, bon amant, peintre, écrivain, inventeur de théories. *(Avec désarroi.)* J'aurais aimé me connaître.

LISA *(espiègle)*. Tu te serais beaucoup plu.

Gilles ne relève pas l'ironie.

GILLES. Est-ce que je gagne ma vie aussi avec la peinture ?

LISA. Non. Seulement avec tes romans policiers. La peinture demeure juste un passe-temps.

GILLES. Ah... *(Il la contemple, mal à l'aise.)* Quel genre de mari est-ce que j'étais ?

LISA. Sois plus précis.

GILLES. Est-ce que j'étais un mari jaloux ?

LISA. Pas du tout.

GILLES *(étonné)*. Ah bon ?

LISA. Tu me disais que tu me faisais confiance. Et j'aimais bien ça.

GILLES. Est-ce que tu... profitais de mon absence de jalousie ?

LISA. Pour ?

GILLES. Pour me donner des raisons d'être jaloux.

LISA *(souriant)*. Non.

Il respire avec soulagement.

GILLES. Et moi, est-ce que j'étais... fidèle ?

Petits crimes conjugaux

Amusée, elle prend le temps de le dévisager, jouissant de l'angoisse qui paraît sur son visage, avant de finir par lâcher :

LISA. Oui.

GILLES. Ouf !

LISA. Pour autant que je sache, en tout cas.

GILLES. Non, il n'y a pas de raison.

LISA *(malicieuse).* Si tu m'as trompée, cela signifie surtout que tu avais un don de dissimulation extraordinaire.

GILLES. Sûrement pas.

LISA. Ou plutôt le don d'ubiquité. Car, en réalité, comment m'aurais-tu trompée ? Tu ne sortais presque jamais d'ici. Toujours à écrire, à lire ou à peindre. Comment aurais-tu fait ?

GILLES. Oui, comment ?

Elle s'approche et l'enlace.

LISA. Ta fidélité, c'était important pour moi. Je n'ai pas assez confiance en moi pour lutter jour après jour contre des rivales... ou des soupçons.

Petits crimes conjugaux

GILLES. Pourtant, tu m'as l'air tout à fait armée pour la lutte. Peu de femmes de ton âge...

LISA. Justement, le monde n'est pas peuplé que de femmes de mon âge. A vingt ans, on peut négliger les années ; à partir de quarante ans, l'illusion tombe ; l'âge d'une femme lui apparaît à l'instant où elle découvre qu'il y a plus jeune qu'elle.

GILLES. Je... je regarde les femmes plus jeunes ?

LISA. Oui.

Il soupire de soulagement, quoiqu'au fond de lui il ne se sente pas encore rassuré.

GILLES. C'est effrayant. Je marche au-dessus d'un précipice. A chaque instant, je peux apprendre un détail immonde qui me transforme en salaud. J'avance sur un fil, je me maintiens au présent, je n'ai pas peur de l'avenir mais je redoute ce passé. Je crains qu'il ne soit trop lourd, qu'il ne me déséquilibre, qu'il ne m'entraîne... J'avance à la rencontre de moi sans savoir si la destination est bonne. Quels sont mes défauts ?

LISA *(réfléchissant).* Tu... tu en as très peu.

GILLES. Mais encore ?

LISA. Je ne trouve pas... L'impatience ! Oui, l'impatience.

GILLES. C'est mauvais, ça !

LISA. C'est charmant. Tu as tendance à te déshabiller dans l'ascenseur lorsque tu rentres ici. Une fois, tu m'as déshabillée aussi. Tu...

Elle rougit, ravie de penser à ce moment de leur vie amoureuse.

GILLES. Ah oui... ?

LISA. Oui. Nous avons fermé la porte juste à temps.

GILLES. A temps ?

LISA. Non, je crois qu'il était déjà trop tard.

Ils rient.

GILLES. Je peux donc attendre que la mémoire me revienne sans crainte ?

Lisa se tait, mal à l'aise. Gilles s'en rend compte et insiste.

GILLES. Parce que, parfois, je me demande si mon esprit ne se bloque pas exprès. S'il ne tire pas un avantage à ne plus se souvenir.
LISA. Quel avantage ?
GILLES. L'avantage de ne pas savoir. Mon esprit se protège dans l'ignorance. Il fuirait une vérité.
LISA *(gênée)*. Ah oui ?
GILLES. Peut-être que le choc que j'ai reçu n'était pas seulement physique... il y a toutes sortes de traumatismes...

Ils s'observent longuement. L'angoisse semble un instant partagée.

LISA *(d'un ton mal assuré)*. Je crois que tu t'inquiètes pour rien.
GILLES. Vraiment ?
LISA. Vraiment. Tu ne feras aucune découverte... sur toi qui te mettra mal à l'aise.
GILLES. Tu me le jures ?
LISA. Je te le jure.

Petits crimes conjugaux

Il se détend.

GILLES. Parle-moi de moi. C'est devenu mon sujet préféré.

LISA *(taquine)*. Ça l'a toujours été.

GILLES. Oh ?

LISA. On doit te rendre ce mérite : tu n'as jamais manqué d'affection envers toi-même. Une fidélité à toute épreuve. Consulte ta bibliothèque : tu t'es dédicacé tous tes romans. *(Elle brandit un volume au hasard.)* « A moi-même, ce livre de moi, avec tout mon amour, sincèrement, Gilles. »

GILLES *(gêné)*. Il était odieux.

LISA. C'est de l'humour.

GILLES. C'est de l'amour.

LISA. L'humour permet de dire la vérité.

GILLES. J'espère que je te les ai dédicacés aussi.

LISA *(riant)*. Oui. *(Elle se dirige vers une autre étagère d'où elle extrait un ouvrage.)* « A Lisa, ma femme, ma conscience, ma mauvaise conscience, mon amour, celui qui l'adore mais ne la mérite pas, Gilles. »

En redécouvrant ces lignes, l'émotion envahit Lisa, la ramenant à un passé qui l'attendrit, mouillant ses yeux de larmes.

Il l'observe sans intervenir, essayant de comprendre.

Elle se laisse tomber sur une chaise, comme accablée par les souvenirs.

GILLES. Lisa...

LISA. Excuse-moi. Une bouffée du passé.

GILLES. Je suis là. Je ne suis pas mort.

LISA. Non. Mais le passé l'est, lui. *(Elle se force à sourire à travers ses larmes.)* Je t'ai beaucoup aimé, Gilles, beaucoup.

GILLES. Tu me dis ça comme on dit : « J'ai beaucoup souffert, Gilles, j'ai beaucoup souffert. »

LISA. Peut-être. Je ne sais pas aimer sans souffrir.

GILLES *(doucement)*. Je t'ai fait souffrir ?

LISA *(mentant mal)*. Non.

Il n'insiste pas.
Lisa, volontaire, tente de retrouver sa bonne humeur.

Petits crimes conjugaux

LISA. Que te dire d'autre sur toi ? Tu adores courir les magasins, ce qui est rare chez un homme ; tu supportes même de passer une heure chez un chausseur pour femmes – ce qui mérite un diplôme. Tu as toujours un avis très précis sur les vêtements que j'essaie, un avis d'esthète, pas un avis de macho qui habille son épouse avec ses billets de banque. Nous nous donnons parfois rendez-vous dans des salons de thé.
GILLES. Je bois du thé ?
LISA. Passionnément. Tu as l'air déçu...
GILLES. Je me serais cru plus viril... les fringues, les magasins, le thé... on dirait une bonne copine.

Lisa éclate de rire.

LISA. Ton charme vient de là. Tu offres un délicieux mélange de masculin et de féminin.
GILLES *(mécontent)*. Ah...
LISA. La preuve : tu écris des romans policiers.
GILLES. Il est vrai que c'est viril, ça, au moins.
LISA. Pas du tout. Tu as une théorie là-dessus. Comme ce sont majoritairement des femmes qui

lisent et qui écrivent des romans policiers, tu prétends que c'est un genre féminin où les femmes, lassées de donner la vie depuis des siècles, s'amusent virtuellement à donner la mort. Le roman policier ou la vengeance des mères...
GILLES *(contrarié).* Moi et mes théories...

Il se lève pour s'emparer du livre dédicacé à Lisa.

GILLES. Quelque chose m'échappe dans ce que tu me racontes. D'un certain côté, j'ai l'air d'un coq assez chaud, très porté sur le sexe, impatient et impulsif, le pantalon sur les chaussettes dès le troisième étage ; de l'autre, je suis fidèle, confiant, jamais jaloux, prêt à traîner des heures dans les magasins et les salons de thé, bref le bon copain homosexuel de toute femme qui se respecte. Ça ne va pas ensemble.
LISA. C'est un fait, pourtant.

Gilles brandit le livre.

GILLES. « A Lisa, ma femme, ma conscience et ma mauvaise conscience, mon amour, celui qui l'adore mais ne la mérite pas », l'homme qui écrit cette phrase a quelque chose à se faire pardonner, non ?

LISA. Non.

GILLES. Non ? « Ma conscience et ma mauvaise conscience » ?

LISA. Je t'ai forcé à travailler, à être plus exigeant avec toi-même.

GILLES. Non ? « Celui qui ne la mérite pas » ?

LISA. Tu t'es toujours senti inférieur à moi.

GILLES. Moi ?

LISA. Sans doute plus un complexe social qu'un complexe intellectuel. Tes parents étaient fromagers, les miens ambassadeurs.

Gilles est provisoirement mouché. Il n'a rien à répondre mais continue à douter.

LISA *(souriante)*. Tu resservais d'ailleurs la même plaisanterie à ce sujet : tu disais que lorsqu'on est né dans le camembert, ça se sent toujours.

Il a une grimace maussade.

GILLES. Arrête de me citer sans cesse, on dirait une veuve.

LISA. C'est un peu ce que je suis.

Il sursaute, choqué par tant de précision froide. Elle ressent le besoin de tempérer son effet et ajoute, d'une voix plus chaude :

LISA. Provisoirement. *(Elle redevient légère et tourne sur elle-même.)* Je suis une veuve qui a de l'ambition, une veuve qui aspire à un grand avenir : celui de ne plus l'être. *(Elle l'embrasse.)* Tu te souviendras !

GILLES *(touché)*. Pardonne-moi.

Elle leur sert à boire.

GILLES. C'est très douloureux d'être obligé de croire les autres pour savoir qui l'on est.

LISA. Chacun en est là.

Elle revient avec deux verres de whisky.

GILLES. J'arrête le thé ?

LISA. Oui.

GILLES. Tant mieux !

LISA. Buvons à ton retour.

Ils trinquent.

GILLES. J'imagine que ce doit être étrange de se retrouver en face d'un inconnu qui est son mari ?

LISA. Etrange, oui. Rafraîchissant, aussi. Et pour toi ?

GILLES. Moi, j'ai surtout le trac.

Elle rit.

GILLES. J'obéis à une belle femme que je ne connais pas, qui me sourit, qui m'emmène chez elle, qui me fait comprendre que tout est possible entre nous puisque, au fond, je suis son mari... C'est comme une attente avant un dépucelage.

Elle rit et se reverse une dose d'alcool. Il remarque qu'elle boit vite.

GILLES. Au fond, ce qui serait joli, c'est que je ne retrouve pas la mémoire avant que... comme cela, ça nous fera une deuxième nuit de noces.

Elle rit encore.

GILLES. Où s'est passée la première ?
LISA. En Italie.
GILLES. Quelle banalité !
LISA. Oui, mais quel souvenir !
GILLES. Pas pour tout le monde.

Devant l'incongruité de leur situation, ils s'esclaffent.

GILLES. Où me fais-tu dormir, cette nuit ?
LISA *(charmante)*. Dans la chambre d'amis.
GILLES *(désappointé)*. Il y a une chambre d'amis, dans un si petit appartement ?
LISA *(baissant les yeux)*. Non.
GILLES *(émoustillé)*. Ah...
LISA *(le repoussant gentiment)*. Mais il y a un canapé. En cas de dépannage.

GILLES. Dépannage ? C'est tout à fait mon cas, malheureusement.

LISA. Ne prends pas tes yeux de chien malheureux qui a besoin d'être consolé, tu sais très bien que ça marche toujours avec moi.

GILLES *(ravi de l'information).* C'est vrai, ça marche ?

Il assure son emprise sensuelle sur elle. Elle le laisse faire. Ils se touchent, émus. Mais elle se dégage subitement.

LISA. Non, ce serait trop simple !

Cette phrase, comme son retrait, lui a échappé. Debout, nerveuse, elle tourne en rond.
Gilles, resté seul sur le canapé, ne comprend pas ce revirement brusque.

LISA. Pardonne-moi. Je... je t'expliquerai... Je... Je vais nous resservir un verre.

Elle s'empare du verre de Gilles qui est encore presque plein.

Petits crimes conjugaux

LISA. Oh, tu n'as presque pas bu.

Elle se ressert un peu de whisky.

GILLES. Vous savez que c'est déjà le troisième.

Comme fouettée par cette remarque, Lisa réagit de façon abrupte.

LISA. Et alors ?

Visage interloqué de Gilles.

GILLES. Lisa, est-ce que... vous buvez ?
LISA. Non. Non. C'est toi.
GILLES. Moi ? Je bois ?
LISA. Oui. Parfois le soir. Tu as tendance.
GILLES. Trop ?
LISA. Oui. Trop.

Gilles réfléchit.

GILLES. Alors, c'est ça, la chose horrible que je devais découvrir. L'alcool.

LISA *(excédée).* Quoi, l'alcool ?

GILLES. Je carbure au whisky, je m'enfuis dans le bourbon, je divague, je délire, je t'ai frappée, peut-être ?

LISA. Allons, tu donnes trop d'importance à ce que je viens de dire. Simplement, tu aimes prendre un verre ou deux le soir.

GILLES. Mais non !

LISA. Mais si !

Tendue, elle refuse que la conversation s'engage sur l'alcool.

GILLES. Lisa, je crois que nous avions des problèmes et que tu essaies de les minimiser.

LISA. Nous n'avions pas de problèmes !

GILLES. Ne sois pas enfantine.

LISA. Nous n'avions pas de problèmes. Pas plus que les autres ! *(Se contrôlant.)* Bien sûr que nous avions des problèmes, les problèmes normaux d'un couple après des années.

GILLES. Par exemple ?

LISA. L'usure. Mais l'usure, c'est un fait plus qu'un problème. C'est normal. Comme les rides.

GILLES. L'usure de quoi ?

LISA. L'usure du désir.

GILLES. C'est pour cela que tu me repousses ?

Lisa se rend compte que ses réponses se contredisent. Elle respire à fond pour se donner du temps, cherche ses mots, mais y renonce, irritée.

GILLES. Je ne te trouve pas très cohérente.

LISA *(vivement)*. Tu m'as toujours reproché de manquer de cohérence.

GILLES. Ah bon ?

LISA. Oui.

GILLES. Ah bon ?

LISA. Oui. Toujours.

GILLES. Je suppose que je dois te croire.

LISA. Oui.

Ils se toisent. Comme elle semble prête à se mettre en colère, il cède.

GILLES. Je suppose que je te crois.
LISA. Bien.

Il est clair qu'ils sont tous les deux de très mauvaise foi.

Un silence.

GILLES *(timidement)*. Un ange passe.
LISA *(du tac au tac)*. Il serre les fesses.
GILLES. Pardon ?
LISA *(se déridant)*. Je te cite. Comme tu as horreur des expressions toutes faites, tu les complètes d'une manière qui les rend encore plus absurdes. Si quelqu'un s'exclame : « Un ange passe », tu ajoutes toujours : « Il porte un seau », ou bien : « Il serre les fesses. »

Elle rit. Pas lui. Ses anciennes plaisanteries le déçoivent.

GILLES. C'est consternant.
LISA. Oui.

Petits crimes conjugaux

Le désappointement de Gilles fait pouffer Lisa.

GILLES. Vous vous amusiez bien tous les deux. Ça devait être moins amusant pour la tierce personne. *(Un temps.)* Aujourd'hui, c'est moi.

Comprenant qu'elle le vexe, elle reprend son sérieux.

GILLES. Où ai-je eu mon accident ?

Lisa répond avec empressement.

LISA. Là.

Elle le prend par le bras pour l'emmener au bas de l'escalier en bois qui monte à un demi-étage.

LISA. En descendant l'escalier, tu t'es retourné brusquement, tu as fait un faux mouvement, tu as perdu l'équilibre et tu t'es cogné la nuque sur cette poutre.

Gilles inspecte le lieu de l'accident. Cela ne réveille rien en lui. Il pousse un soupir.

GILLES. Tu as dû avoir peur ?
LISA. Tu étais inanimé. *(Ses mains tremblent.)* Je te parlais quand tu t'es retourné. Je t'avais dit quelque chose qui t'a surpris, et qui t'a fait rire, ou qui... je ne sais plus. Si je m'étais tue, tu ne serais pas tombé. Je me sens coupable. C'est de ma faute.

Gilles la dévisage.

GILLES. C'est effrayant...
LISA. Quoi ?
GILLES. De ne pas se souvenir.

Secouée par cette évocation, elle se met à sangloter. Il la prend contre lui pour l'apaiser. Mais, au lieu de partager son émotion, il continue à réfléchir.

GILLES. Suis-je maladroit ?
LISA. Non.

Petits crimes conjugaux

GILLES. Etais-je déjà tombé ?

LISA. Jamais.

GILLES. Et toi ?

LISA. Moi oui. Quelques fois. Tu vois ! ça aurait dû être moi. Oh, si je pouvais être à ta place...

GILLES. Tu te sentirais mieux ?

LISA. Oui.

Il la console mécaniquement en la berçant contre lui et en caressant ses cheveux.

GILLES. Allons... ce n'est qu'un accident... tu ne peux pas t'estimer coupable d'un accident...

Comme elle commence à s'apaiser, il l'abandonne pour s'asseoir sur le tabouret de son bureau où il exécute un tour sur lui-même.

GILLES. En fait, je suis devenu le héros de mes romans, l'inspecteur James Dirdy...

LISA (*corrigeant par réflexe*). James Dirty.

GILLES. Dirty : pour découvrir la vérité, j'enquête sur le lieu du crime.

Petits crimes conjugaux

LISA. Un crime, quel crime ?

GILLES. C'est une façon de parler. Mais qui sait, vraiment, s'il ne s'est pas produit un crime ici ?

LISA. Cesse ce jeu, s'il te plaît.

GILLES. En entrant, je ne me suis souvenu de rien, mais j'ai eu le sentiment qu'il s'était passé des choses graves. Etait-ce une folie ? Une intuition ? Un début de souvenir ?

LISA. Une déformation professionnelle. Tu écris des romans noirs. Tu aimes avoir peur, soupçonner, suspecter et supposer que le pire est à venir.

GILLES. A venir ? J'avais l'impression qu'il était derrière.

LISA. Alors tu as changé : tu disais toujours que le pire nous attend.

GILLES. Pessimiste ?

LISA. Pessimiste en pensée. Optimiste en action. Tu vis comme quelqu'un qui croit à la vie. Tu écris comme quelqu'un qui n'y croit pas.

GILLES. Le pessimisme demeure le privilège de l'homme qui réfléchit.

LISA. On n'est pas obligé de réfléchir.

GILLES. On n'est pas obligé d'agir non plus.

Ils se toisent à nouveau, comme des ennemis. Chacun voudrait dire beaucoup plus à l'autre mais aucun n'ose.

GILLES. C'est étrange une amnésie. Comme une réponse à une question qu'on ignore.
LISA. Quelle question ?
GILLES. Justement, je la cherche.

Ils ne bougent plus. Le temps s'est arrêté.

LISA. Comment vas-tu ?
GILLES. Pardon ?
LISA. Comment te sens-tu ?
GILLES. Assez mal. Pourquoi ?
LISA *(tendue)*. Parce que je te trouve intellectuellement très en forme. Et que j'ai du mal à concevoir que, discutant ainsi, tu n'aies plus accès à ta mémoire.
GILLES. Intelligence et mémoire ne sont pas localisées dans les mêmes zones du cerveau.
LISA. Si tu le dis.

GILLES *(sèchement)*. Ce n'est pas moi qui le dis, mais la science.

LISA. Si la science le dit.

GILLES. Tu ne la crois pas ?

LISA *(aussi sèchement)*. On n'a pas à croire ou ne pas croire la science, elle délivre des informations qui se passent de notre approbation, non ?

GILLES. Exactement.

Ils se jaugent du regard.

GILLES. En tout cas, je suis sur mes traces. C'est curieux que je me sois laissé aussi peu de traces.

LISA *(narquoise)*. Oui, ce n'était pas ton genre.

GILLES. Je ne trouve pas ça drôle.

LISA. Détends-toi. Tu mets beaucoup trop d'agressivité à fouiller ton esprit, je ne pense pas que cela t'aide.

GILLES *(fébrile)*. J'ai peur de ce que je vais apprendre. J'ai peur de ce que j'ai pu être.

LISA. C'est absurde. Tu étais... tu es... un type bien.

Petits crimes conjugaux

GILLES. Mais non, je sens bien que non.

LISA. Puisque je te le dis.

GILLES. Mais non. Qui me le prouve ?

LISA. Moi.

GILLES. Mais non. Je suis peut-être un gangster, un sale gangster, même pas honnête dans son métier de malhonnête, exécuté dans la rue, à qui sa femme essaie de faire croire qu'il n'a eu qu'un accident pour lui voir prendre une autre route. Tu profites de l'amnésie pour opérer ma rédemption.

LISA. Gilles !

GILLES. Je suis peut-être un assassin qu'on ne suspecte pas encore et que tu vas protéger en ne lui parlant de rien. Je suis peut-être un violeur de jeunes filles qui commet des attentats à répétition et que tu...

LISA. Arrête ! Pourquoi t'imagines-tu toujours si horrible ?

GILLES. Parce que j'ai le sentiment très fort qu'il y a du mal derrière moi, un mal épais, un mal tenace.

LISA. C'est faux. Je te supplie de me croire.

Petits crimes conjugaux

GILLES. Allons ! Si c'était vrai, tu ne te comporterais pas autrement : tu me demanderais de te croire. Et tu aurais raison. Tu n'es pas à blâmer. Si je suis un salaud, tu dois profiter de ma confusion mentale pour me changer, pour me convaincre que j'étais différent, pour me doter d'un meilleur passé, m'inventer une personnalité moins déviante.

LISA *(ironique)*. Tu as raison : je t'invente, je te recycle ! Je fais du neuf avec de l'ancien. Je sculpte un homme meilleur que celui que j'ai connu, j'efface tes défauts en te les cachant, je te prête ces qualités qui te manquaient, je te refaçonne pour un couple parfait, celui qui me convient. En ce moment, j'aménage ma vie conjugale, je garde la même façade et je rénove l'intérieur. Je m'amuse férocement ! Je réalise le rêve de toute femme : dresser son mari après quinze ans de vie commune. Regarde bien : ce n'est pas une garde-malade que tu as devant toi, c'est une dompteuse.

Gilles est arrêté par ce discours. Il se calme.

GILLES. Pardonne-moi.

LISA. Non ! Je ne pardonne plus ie fouette !

GILLES. Lisa...

LISA. Assis ! Debout ! Quand tu auras mangé, tu coucheras sur le canapé.

GILLES. Non, Lisa, pas ça.

LISA. Pas quoi ?

GILLES *(avec ses fameux yeux de chien battu)*. Pas le canapé. Maîtresse, pas le canapé.

Elle le considère et, soudain, éclate de rire. Lui aussi. Ils redeviennent complices.
Elle avance pour lui passer la main dans les cheveux, presque tendre.

LISA. Je ne te mens pas, Gilles. Tu es bien tel que je te décris. Un homme. Un homme qui me convient. Un homme comme une femme parfois en rencontre.

Leurs lèvres se frôlent.

GILLES. Nous parlons trop.

LISA. C'est toujours ce que tu dis lorsque...

Petits crimes conjugaux

GILLES. Oui ?

LISA. Lorsque...

GILLES. Oui ?

LISA. Nous parlons trop.

Ils s'embrassent, à pleine bouche cette fois-ci, puis, comme ivres, se laissent tomber sur le canapé.

GILLES. J'ai envie d'une nouvelle nuit de noces.

LISA. La barre est mise très haut.

GILLES. Nous ferons aussi bien.

LISA. Où irons-nous ?

GILLES. Pourquoi partir ?

LISA *(fondant sous lui)*. Où ?

GILLES. Ici.

LISA *(ravie)*. Quelle impatience !

GILLES. Es-tu d'accord ?

LISA *(avec enthousiasme)*. Oui.

GILLES. Pas besoin d'aller jusqu'à Portofino.

Petits crimes conjugaux

Il l'embrasse. Après quelques secondes, elle interrompt le baiser et le repousse un peu.

LISA. Qu'est-ce que tu as dit ?

GILLES. Pas besoin d'aller jusqu'à Portofino.

LISA. Pourquoi Portofino ?

GILLES. C'est là que nous avons passé notre nuit de noces, non ?

LISA. Tu t'en souviens ?

GILLES. Non. C'est toi qui me l'as dit tout à l'heure.

LISA. Sûrement pas. J'ai dit Italie.

GILLES *(calmement)*. Tu as dit Portofino.

LISA. J'ai dit Italie.

GILLES. C'est impossible. Comment le saurais-je autrement ?

LISA. Gilles, tu recouvres la mémoire !

GILLES. Mais non ! Je ne recouvre rien.

LISA. Enfin, tu viens de te rappeler...

GILLES. Je suis formel. C'est toi qui as évoqué Portofino tout à l'heure.

LISA. J'ai dit Italie.

GILLES. Tu ne t'en es pas rendu compte mais tu as prononcé Portofino.

LISA. Je n'ai pas dit Portofino parce que, tout à l'heure, justement, j'étais furieuse contre moi-même de ne pas retrouver le nom de cette station.

   Elle se lève, lui fait face et l'observe.
   Il cesse de protester.
   Elle comprend lentement ce qui vient de se passer.

LISA. Gilles, tu n'as pas perdu la mémoire
GILLES. Si.
LISA. Gilles, tu me mens !
GILLES. Toi aussi, Lisa !

   Ils s'évaluent. Ils tournent l'un autour de l'autre comme des fauves qui vont attaquer.

LISA. Je mens ?
GILLES. Oui ! Ces tableaux, ce sont les tiens, c'est toi qui peins ! Ce Gilles qui t'accompagne dans les magasins, c'est toi qui l'as inventé ! Ce Gilles

qui ne quitte pas la maison et qui ne te trompe jamais, c'est celui dont tu préférerais partager la vie, Lisa !

LISA *(douloureusement)*. Tu te souviens...

GILLES. Non. Je me souviens seulement que je ne suis pas comme ça !

LISA *(plaintive)*. Oh, mon Dieu, non, ça ne va pas recommencer.

GILLES. Qu'est-ce qui va recommencer ?

Sans répondre, Lisa se ressaisit. Elle avance vers lui, attrape un coussin et le frappe au visage.

LISA *(durement)*. Tu n'as jamais perdu la mémoire. Tu te souviens.

GILLES. Non. Pas du tout.

LISA. Je ne te crois pas. Tu te souviens.

GILLES. Partiellement.

LISA. Je ne te crois plus.

GILLES. Ça revient, mais il me manque encore des morceaux.

LISA *(continuant à le battre)*. Tu te souviens !

GILLES. Pas le dernier jour...

LISA *(restant le bras en l'air)*. Le dernier jour ?

GILLES. Le jour de l'accident. Rien ne me revient.

LISA *(lui redistribuant une volée de coups)*. Tu fabules ! Tu sais tout et tu te paies ma tête !

GILLES. Pas le dernier jour !

LISA. Ta fausse amnésie, c'est le supplice que tu as trouvé pour me punir. Tu me fais bouillir à petit feu. Tu veux me faire honte. Tu jouis de mes réponses idiotes. Tu...

GILLES *(sincèrement)*. Te punir de quoi, Lisa ?

Cessant de l'étriller, elle a un petit rire forcé Il lui agrippe le bras.

GILLES. Te punir de quoi ?

Elle veut se dégager mais lorsqu'elle se rend compte qu'il ne met aucun sous-entendu, ni aucune ironie dans sa question, rassurée, elle hausse les épaules.

LISA. Excuse-moi. Toi, tu as eu deux semaines d'hôpital avec des médecins, des infirmières et des médicaments pour te reconstituer, moi, j'ai été seule, ici, à me ronger les ongles. Personne n'a pris soin de moi. J'ai besoin qu'on s'occupe de moi.

Il lui embrasse la main avec délicatesse.

GILLES. Mon crâne est un livre dont il manque des pages. Les dernières particulièrement. Je ne me souviens pas du jour de l'accident.
LISA. Du tout ?
GILLES. Du tout. *(Il la regarde dans les yeux.)* Je te le jure.

Elle constate qu'il est sincère.

GILLES. Je suppose que je te dois des excuses.
LISA. Oui.
GILLES. Beaucoup d'excuses ?
LISA. Je doute que tu arrives à rembourser tes dettes.
GILLES. La mémoire m'est revenue le lundi. Progressivement. Comme une éponge reprend du volume sous un goutte-à-goutte. Ce lundi,

tu n'étais pas là pour je ne sais quelle raison. Alors je me suis regonflé tout seul, sans rien dire aux médecins, je retrouvais des pans de notre histoire, de notre couple, de notre passion. J'étais fier. J'étais heureux. Le mardi, lorsque tu es entrée, j'allais te l'annoncer lorsque tu m'as arrêté par un mensonge. Le premier.

LISA. Moi ?

GILLES. Tu m'apportais mes livres, la collection de mes romans policiers, histoire de piquer ma mémoire. Or tu en avais oublié un. Lequel ? *Petits crimes conjugaux*. En consultant la liste, je te l'ai fait remarquer. Tu m'as répondu que c'était sans importance car je détestais ce livre et je regrettais de l'avoir écrit. Et voilà, un joli petit mensonge, affirmé d'une façon péremptoire. Ça m'a cloué la bouche.

Lisa bougonne sans chercher à nier.

GILLES. J'ai commencé à réfléchir. J'avais toujours été très fier de *Petits crimes conjugaux*, je répétais à qui voulait l'entendre que si l'on devait garder un livre de moi, ce devait être celui-là, et toi, là,

Petits crimes conjugaux

devant moi, tu prétendais tranquillement le contraire.

LISA. D'accord, j'ai fait passer mon avis pour le tien. Est-ce grave ?

GILLES. Non. Mais qu'est-ce qui est grave ?

LISA *(se défendant)*. *Petits crimes conjugaux* n'a eu aucun succès.

GILLES. D'autres de mes livres n'ont pas rencontré le succès.

LISA. *Petits crimes conjugaux* encore moins. Il faut faire la différence entre rien et moins que rien.

GILLES. Peu importe, Lisa, lorsque tu apprécies un de mes livres, tu n'as besoin du soutien de personne et tu le défends bec et ongles contre n'importe qui.

LISA. C'est vrai, je déteste *Petits crimes conjugaux* que toi, tu adores. Encore une fois, est-ce grave ?

Il retire le livre en question de la bibliothèque.

GILLES. *Petits crimes conjugaux*, un recueil de nouvelles, je devrais plutôt dire un recueil de très mauvaises nouvelles tant la théorie qui y est développée se vautre dans le pessimisme. J'y décris le couple comme une association d'assassins. D'emblée, ils sont unis par la violence, ce désir qui les jette l'un sur l'autre, qui pousse le corps de l'un dans l'autre, ces coups accompagnés de râles, de sueur et de plaintes, une lutte qui ne cesse que par l'exténuation des forces, cet armistice qu'on appelle le plaisir. Ensuite les deux assassins, s'ils perdurent dans leur association en choisissant la trêve du mariage, vont s'unir pour lutter contre la société. Ils vont réclamer des droits, des avantages, des privilèges, ils vont brandir les fruits de leurs rixes, leurs enfants, pour obtenir le silence et le respect des autres. Là, l'escroquerie vire au chef-d'œuvre ! Les deux ennemis vont à présent tout justifier au nom de la famille. La famille, voilà le sommet de leur esbroufe ! Parce qu'ils ont fait passer leurs étreintes brutales et jouissives pour un service rendu à l'espèce humaine, ils vont pouvoir distribuer taloches, punitions et coups de pied au nom de l'éducation, imposer leur nuisance, leur bêtise et leur bruit. La famille, ou l'égoïsme dans les habits de l'altruisme... Puis les assassins vieillissent, leurs enfants partent pour fonder de nouveaux couples d'assassins. Alors les vieux prédateurs, n'ayant plus de dérivatifs à leur violence, finissent par s'en prendre l'un à l'autre, comme au temps de leur rencontre, mais en se servant d'autres coups que les coups de reins. Ce seront désormais des coups plus subtils, des coups de rosse. Tout est permis dans ce combat, les tics, les maladies, la surdité, l'indifférence, le gâtisme. Le gagnant, c'est celui qui pleurera l'autre. Voilà la vie conjugale, une association de tueurs qui s'en prennent aux autres avant de s'en prendre à eux, un long chemin vers la mort qui laisse des cadavres sur la route. Un couple jeune, c'est un couple qui cherche à se débarrasser des autres. Un vieux couple est un couple où chacun tente de supprimer son partenaire. Lorsque vous voyez une femme et un homme devant le maire, demandez-vous lequel des deux sera l'assassin ?

Lisa, ironiquement, frappe dans ses mains.

LISA. Bravo ! J'applaudis pour ne pas vomir.
GILLES. Pourquoi ai-je écrit cela ?
LISA. Lorsque je te l'ai demandé, tu m'as répondu : parce que c'est la réalité.

GILLES. C'est peut-être la réalité mais pourquoi penser la réalité telle qu'elle est ? Pourquoi ne pas la penser telle qu'on la veut ? Un couple, ce n'est pas de la réalité, c'est d'abord un rêve que l'on fait, non ?

Comme Lisa ne répond pas, Gilles continue avec ardeur.

GILLES. Je me suis rendu compte, ce même après-midi où tu m'avais menti, qu'au fond, j'étais d'accord avec toi. *(Il se tourne vers elle.)* Je haïssais ce livre sans le savoir. Ton mensonge était ma vérité. Ma nouvelle vérité.

Elle le dévisage, intriguée, pas certaine de bien le comprendre.

GILLES. Ce mardi-là, j'ai décidé de me taire pour te laisser me raconter tel que tu me voulais. Peut-être que le Gilles Sobiri que tu allais me décrire, qui regrettait d'avoir commis *Petits crimes conjugaux*, pourrait être meilleur que le précédent. Une version corrigée. Nous devions en profiter. Que mon accident serve à cela. Je me suis enfermé dans mon mensonge pour t'écouter,

Petits crimes conjugaux

Lisa, rien que pour t'écouter, et comprendre avec quel homme tu te sentirais bien.

LISA. Ce n'est pas très honnête.

GILLES. Quoi ?

LISA. Ton comportement.

GILLES. Le mien pas plus que le tien. Mais aussi instructif. J'ai vraiment cédé à la volupté d'être recréé par la femme que j'aime. J'étais parti pour essayer de ressembler à celui que tu voulais. Un petit bout de moi vrai, un petit bout de moi amélioré, un mari à options, un mari sur commande. Mais...

LISA. Mais...

GILLES. D'abord la mémoire me revenait et je saisissais bien que je ne tarderais guère à faire sauter les coutures de la nouvelle personnalité que tu me fabriquais. Ensuite... je ne voyais pas où tu voulais en venir. Ça ne devenait pas cohérent.

LISA. Cohérent ?

GILLES. Nous avons des problèmes, certes. Cependant, je me suis rendu compte qu'au fond, tu m'aimes bien tel que je suis. Pas un autre.

Lisa sourit.

LISA. Alors ?
GILLES. Alors, c'est une bonne nouvelle.

Il sourit à son tour.

LISA. Eh bien ?
GILLES. Eh bien, j'en ai conclu que le problème, ce n'était pas moi, c'était toi.
LISA. Oh !

Le coup – direct, inattendu – la laisse sans voix tandis qu'il bondit vers la bibliothèque où sont les livres qu'il lui a dédicacés. Il jette toute la rangée à terre.

LISA *(folle de rage)*. Qu'est-ce que tu fais ?
GILLES. Je te montre ce que je sais.

Grâce à la chute des volumes, il a fait apparaître des bouteilles d'alcool dissimulées au fond de la bibliothèque. Il les brandit.

GILLES. Une ! Deux ! Trois ! Une quatrième, mais vide ! Cinq !

Crânement, Lisa relève le front.

LISA. Tu le savais ?

GILLES. Cinq bouteilles pour tes coups de blues ! Et du whisky de basse qualité. Du matos d'alcoolique ! Une vraie droguée.

LISA. Tu le savais ?

GILLES. Depuis quelques mois.

LISA. Combien ?

GILLES. Je dois avouer que tu te caches bien. On ne te voit pas boire et je ne t'ai jamais surprise saoule.

LISA *(fièrement)*. Jamais !

GILLES. Comment fais-tu ?

LISA. Il y a des êtres supérieurs.

GILLES. C'est une malédiction de tenir aussi bien l'alcool. J'ai découvert les bouteilles par hasard, en rangeant.

LISA *(hautaine)*. Tu ranges parfois ?

GILLES *(se corrigeant)*. En cherchant un dictionnaire. Ensuite, je t'ai observée. Sans rien dire.

Lisa se cache la figure derrière les mains.

LISA. Arrête !
GILLES. Non, je n'arrête pas.
LISA. Laisse-moi, j'ai honte.
GILLES. Tu te trompes, Lisa. C'est moi qui ai honte. Moi ! Lorsque j'ai découvert ces bouteilles camouflées derrière mes livres, c'est devenu ma honte tout autant que la tienne. Quel est ton problème avec l'alcool ?
LISA. Je n'ai pas un problème avec l'alcool.
GILLES. Tu bois.
LISA. Oui, je bois, mais je n'ai pas un problème avec l'alcool. J'ai un problème avec toi.
GILLES. Lequel ?

Elle a un geste vague. Répondre lui coûterait tellement qu'elle renonce d'emblée.

LISA. Il y a des gens qui boivent pour oublier. Pas moi. Moi, ça ne marche pas. Moi, à ta place, je ne serais jamais devenue amnésique. Même avec le pire coup sur la tête. Rien ne peut me faire perdre la mémoire. Notre mémoire. Ni deux, ni trois, ni cinq bouteilles. Alors ta petite bosse...

Se rendant compte qu'elle devient méchante, elle se tait, confuse.
Il est sincèrement aussi ému qu'elle.
Parce qu'ils n'arrivent pas à communiquer, ils partagent la même détresse.

GILLES. Qu'est-ce qui s'est passé le dernier soir ? Le soir dont je ne me souviens plus ?

LISA. Rien.

GILLES. Tu me caches quelque chose.

LISA. Et alors ?

GILLES. Tu es odieuse de me cacher quelque chose.

LISA *(acrimonieuse)*. Tu trouveras par toi-même. Tu as bien trouvé mes bouteilles.

GILLES. Je ne suis pas ton ennemi, Lisa.

LISA *(fermée)*. Ah oui ?

GILLES *(doux)*. Je t'aime.

LISA *(toujours verrouillée)*. Les mots n'ont pas le même sens pour toi et moi.

GILLES *(insistant avec tendresse)*. Je t'aime.

LISA. Et moi, j'aime le roquefort et les vacances au ski ! *(A bout de nerfs.)* J'aime qu'on me foute la paix, aussi !

Elle se lève, empoigne une bouteille de whisky, s'en sert un verre en narguant Gilles.

LISA. Je vais le boire.
GILLES. Bois-le.
LISA. Puis j'en boirai d'autres.
GILLES. Bois autant que tu veux. Noie-toi puisque tu sais nager !
LISA *(avec défi)*. Je vais siffler la bouteille.

Il l'observe sans intervenir.

LISA. Tu... tu ne m'empêches pas ?
GILLES. Pourquoi ? Il faut que je te défende

contre toi-même ? Je veux bien te défendre contre n'importe qui mais contre toi-même...

Lisa baisse la tête comme une enfant abandonnée, les larmes aux yeux.
Gilles la rejoint et lui retire lentement son verre. Elle le laisse faire puis s'abandonne avec gratitude dans ses bras, soulagée.

GILLES. Tu vis à côté de moi. Mais pas avec moi.

Elle s'accroche amoureusement à lui.

GILLES. Qu'est-ce qui ne va pas entre nous ? Qu'est-ce qui ne va plus ?

Elle hausse les épaules. Eclaircir ce malaise lui semble une tâche trop ardue.
Ils s'assoient l'un à côté de l'autre, lui la caressant légèrement, animalement, l'encourageant à se livrer avec confiance.

LISA. Peut-être que tout a une fin. Une durée de vie. C'est... organique, un couple, ça serait programmé comme un être vivant. Mort génétique.

GILLES. Tu crois à ce que tu dis ?

En guise de réponse, elle se mouche bruyamment. Il lui caresse les cheveux, avec tendresse à présent.

GILLES. Ces derniers temps, j'ai beaucoup pensé à notre rencontre. En fait, c'est le premier souvenir qui m'est revenu à l'hôpital.

A cette évocation, Lisa se déride.

LISA. Tu te la rappelles bien ?
GILLES. Je crois.
LISA. Vraiment bien ?
GILLES. J'espère.
LISA. J'y retourne souvent, dans ce souvenir.
GILLES. Moi aussi. A ton avis, se rencontrer lors d'un mariage, c'était de bon ou de mauvais augure ?
LISA. Ce pauvre Jacques et cette pauvre Hélène..., ils se sont séparés depuis.

Petits crimes conjugaux

Ils rient, redevenant plus jeunes, plus insouciants.

LISA. Tu as mis du temps à venir jusqu'à moi !

GILLES. Nous n'étions pas dans les mêmes groupes, ni à la même table.

LISA. Il est vrai que j'étais très entourée.

GILLES. Entourée de silence, surtout. Jamais vu une femme avec autant de silence autour d'elle. Un mystère vivant protégé de murailles invisibles mais palpables. Lointaine. Inaccessible. Tu m'impressionnais beaucoup.

LISA. Allons !

GILLES. Et ton regard... Un regard de sage, un regard antique, un regard d'au moins deux mille ans dans un corps de jeune femme. *(Frissonnant.)* Alors que je ne te quittais pas des yeux depuis le matin, le soir je n'étais toujours pas parvenu à t'aborder.

LISA. J'avais noté ton manège.

GILLES. En plus ! Je me sentais doublement ridicule.

LISA. C'est peut-être ça qui m'a touchée.

On m'avait dit que tu étais un dragueur tout-terrain.

GILLES. Tout-terrain ? Je n'avais jamais tenté les hauts sommets. *(Très enveloppant.)* Les grands voyageurs disent que lorsqu'on a trop soif et que l'on manque d'eau, on doit se remémorer la première fois que l'on a bu. C'est l'unique méthode pour traverser les déserts. Rejouons ce moment-là, s'il te plaît. *(Avec nostalgie.)* Voyons, j'ai attendu jusqu'à...

LISA. Minuit !

GILLES. Minuit ?

LISA *(s'amusant à cette évocation).* Subitement, vers minuit, je te vois quitter la salle du château en courant. Le coup de Cendrillon ! Intriguée, je me dirige vers la terrasse, je ne t'y retrouve pas, j'avance, et je t'aperçois au fond, juste au-dessus du parking, en train de...

GILLES. De vomir !

Ils s'esclaffent. Elle se met à rejouer la scène. Il va la suivre.

LISA. Je crois que c'est sur ma voiture que vous êtes en train de vomir.

GILLES. Désolé.

LISA. Non, non, faites. De toute façon, je ne supporte pas sa couleur. Je l'aurais souhaitée plus originale.

GILLES. Maintenant, elle est unique !

Ils se tiennent les côtes, comme dans le passé, et continuent à revivre leur rencontre.

GILLES. Je rêve de vous parler depuis le début de la cérémonie et ça ne s'est pas du tout passé comme je le souhaitais. Pour me donner du courage, j'ai enfilé les verres, je voulais être brillant et... voilà le résultat. La vie est vraiment rosse.

LISA. La vie n'en fait qu'à sa tête. Je vous propose d'aller vous rafraîchir aux lavabos. Vous serez sans doute plus à l'aise pour être brillant, après.

GILLES. Vous m'attendriez ?

LISA. Un homme qui s'occupe aussi bien des voitures, on l'attend.

GILLES *(commentant)*. Et cinq minutes plus tard, un nouveau Gilles rafraîchi à l'eau de Cologne retentait sa chance. *(Reprenant son rôle.)* Quel genre de femme êtes-vous ?

LISA. Le vôtre ?

GILLES. Je vous le confirme. Chaque phrase me coûte une suée dans les reins, j'ai l'impression d'avoir le cerveau engourdi, tous les symptômes d'un malaise qu'on appelle l'attirance irrésistible.

LISA. Désolée, je n'ai pas de remède.

GILLES. Vous êtes le remède. *(Un temps.)* Répondez-moi : quel genre de femme êtes-vous ? Froide, timide, modérée, libertine, dévergondée ? Je veux juste savoir s'il est bon que j'insiste ou pas, si je vous saute dessus – ce dont j'ai très envie – ou si je me tiens à distance. Bref, quel genre de femme êtes-vous signifie : Etes-vous du genre à coucher le premier soir ?

LISA. A votre avis ?

GILLES. Moi, je suis du genre à coucher le premier soir.

LISA. Quel homme ne l'est pas ?

GILLES. Et vous ?

LISA. Je ne suis pas ce genre d'homme-là.

GILLES. Vous n'en avez pas envie ?

LISA. Si.

GILLES. Je vois. Vous refusez uniquement pour que, plus tard, lors d'une scène, je ne puisse pas vous reprocher d'être une femme facile qui se donne au premier venu.

LISA. Vous nous imaginez un avenir ravissant.

GILLES. Est-ce que je me trompe ? Vous refusez par prudence ?

LISA. Peut-être.

GILLES. En somme, vous prenez le risque de gâcher le présent au nom d'un avenir hypothétique.

LISA. Exactement. Je suis comme ça : tout ou rien. *(Un temps.)* Et puis, j'estime que je mérite d'être attendue, non ? Je vous ai bien attendu, moi.

GILLES. Oh, cinq minutes.

LISA. Est-ce qu'il y a quelqu'un dans votre vie ?

GILLES. En ce moment, il y a vous.

Leurs lèvres se frôlent.

LISA *(murmurant).* Pas encore.

Petits crimes conjugaux

Gilles insiste en se faisant plus câlin.

LISA. Pas encore.

Elle le repousse avec gentillesse.

GILLES. Tu joues la scène de notre rencontre ou celle de ce soir ?
LISA. Ma réplique est la même : « Pas encore. »
GILLES *(étonné)*. Ça ne te gêne pas de refuser tout le temps ?
LISA. Je ne refuse pas, je diffère.
GILLES. Les femmes ont vraiment tendance à transformer les hommes en mendiants. Lorsque j'essaie de te faire comprendre que je voudrais coucher avec toi, j'ai l'impression de te demander l'aumône. *(Un temps.)* Et du coup, lorsque tu me l'accordes, la charité, j'ai le sentiment fugace de me retrouver devant une bonne sœur, ce qui n'est pas du tout l'image souhaitée à cet instant-là.
LISA *(raillant)*. Comment ? Vous n'aimez pas mes seins, mon fils ?

GILLES *(échauffé)*. Pourquoi une femme ne prend-elle jamais l'initiative ?

LISA. Parce qu'elle est suffisamment maligne pour donner l'impression à l'homme que c'est lui qui a envie.

GILLES. Alors, en ce moment, qui manipule qui ?

LISA. Bonne question. *Petits crimes conjugaux.*

Ils rient, presque complices.

GILLES. Et qui va gagner ?

LISA. Celle qui peut céder. Elle seule contrôle le jeu.

GILLES *(avec admiration)*. Garce !

LISA. Merci. *Petits crimes conjugaux.*

Pas encore prête à se réconcilier avec lui, elle se dégage.

GILLES. Tu me dois la vérité, Lisa. Que s'est-il passé ?

LISA. Quand ?

Petits crimes conjugaux

GILLES. Le soir où je suis tombé. Pourquoi est-ce que je n'arrive pas à me rappeler ce moment-là ?

Lisa réfléchit avant de répondre. Une fois décidée, elle adopte un ton froid.

LISA. Parce que ça t'arrange, sans doute.
GILLES. Pardon ?
LISA. Tu dois tirer un bénéfice de l'oubli.
GILLES. Est-il arrivé quelque chose d'horrible ?
LISA. Horrible ?... Oui.
GILLES. Quoi ?
LISA. Si ton cerveau a choisi de l'oublier, c'est pour t'épargner la vérité. Pourquoi te l'apprendrais-je ? C'est sans doute mieux ainsi.

Il se rend au bas de l'escalier.

GILLES. Je ne suis pas tombé, n'est-ce pas ?

Lisa ne répond rien.

GILLES. Depuis tout à l'heure, j'examine cet escalier sans parvenir à comprendre comment j'ai pu manquer une marche ici et me cogner le crâne là. C'est une cascade extrêmement difficile.

Lisa le rejoint et opine du chef.

LISA. J'ai sans doute improvisé mon explication un peu vite.
GILLES. Lisa, tu m'as menti !
LISA. Je te protège, Gilles, comme ton cerveau te protège en t'interdisant l'accès à tes souvenirs.
GILLES. Tu me protèges de quoi ?
LISA *(avec naturel)*. Mais de toi. *(Un temps.)* De toi.

Gilles s'effondre sous cette révélation. Ses pires craintes semblent justifiées.

GILLES. Je le savais ! Je savais en entrant ici qu'il y avait quelque chose de lourd, de douloureux, d'insupportable qui m'attendait. Que s'est-il passé ?
LISA. Cesse de chercher, Gilles. Si tu trouves, tu auras encore plus mal.

Petits crimes conjugaux

Il l'attrape par le bras et se fait implorant.

GILLES. Que s'est-il passé ?

LISA. Je ne veux pas te le dire. Moi aussi, j'essaie de l'oublier.

GILLES. Lisa, est-ce que tu m'aimes un peu ?

LISA. Pourquoi crois-tu que j'essaie d'oublier ?

GILLES. Lisa, si tu m'aimes un peu, je t'en supplie, dis-moi ce qui s'est passé ce soir-là.

LISA. Mais rien, Gilles, rien.

GILLES. Lisa, je t'en prie.

LISA. Ce n'est pas grave, après tout, nous sommes là, c'est derrière nous.

GILLES. Quoi ? Qu'est-ce qui est derrière nous ?

LISA. Tu as essayé de me tuer.

Gilles demeure stupéfait. Lisa soutient son regard.
Peu à peu, il recule, effrayé par ce qu'il vient d'apprendre.
Elle répète calmement :

LISA. Tu as essayé de me tuer.

Petits crimes conjugaux

Soulagée par son aveu, elle se sert un whisky-soda puis s'assoit. Lui, derrière elle, reste muet d'effroi.

LISA. Lorsque tu es rentré, cet après-midi-là, tu m'as trouvée en train d'empaqueter mes affaires. Ma valise est restée prête, d'ailleurs. Je t'ai annoncé que je partais, enfin plus exactement que je te quittais.
GILLES. Toi ?
LISA. Tiens, tu réagis exactement pareil. « Toi ? » m'as-tu dit comme si, de toute éternité, il était écrit que si l'un de nous deux devait prendre le large, ce devait être toi, non pas moi.
GILLES. Mais pourquoi ?
LISA. Justement, ce fut ta deuxième question. *(Elle allume une cigarette.)* J'espère que la ressemblance entre la discussion d'aujourd'hui et celle de l'autre soir s'arrêtera là.

Elle attend une réponse. Très pâle, Gilles bredouille :

Petits crimes conjugaux

GILLES. Je te promets de rester calme.

LISA. Bien. Je t'ai donc annoncé que je me séparais de toi parce que j'étais... fatiguée... oui, fatiguée de notre couple qui te donnait plus de satisfaction qu'à moi. Je t'ai demandé de respecter ma décision et de ne pas exiger davantage d'explications. Au début, j'ai cru que tu allais me laisser passer puis, soudain, tu t'es mis à hurler : « Qui est-ce ? Qui est-ce ? Avec qui pars-tu ? » Je t'ai répondu : « Avec personne », et tu as refusé de me croire. Tu m'as resservi ta vieille théorie selon laquelle un homme prend une maîtresse pour rester avec son épouse tandis qu'une femme prend un amant pour quitter son mari.

GILLES. C'est vrai !

LISA. C'est ta théorie. Elle ne s'applique pas à moi.

GILLES. Comment te croire ?

LISA *(lasse)*. Ne recommence pas, veux-tu ?

GILLES *(dompté)*. D'accord.

LISA. A partir de là, notre discussion a dégénéré. Tu es devenu violent. Tu..

Petits crimes conjugaux

Elle peut difficilement continuer. Il ne bouge pas, confus.

Tentant de retenir les larmes qui lui viennent aux yeux, elle attrape une sculpture de trente centimètres qui décore un meuble.

LISA. Lorsque je suis redescendue avec ma valise, tu t'es jeté sur moi et tu as commencé à m'étrangler. J'ai voulu me défendre, j'ai saisi cette statuette et...

Elle se tait et pleure doucement.
Gilles semble plus choqué que repentant. Il secoue la tête, comme si ce geste allait remettre ses idées en place et raviver ses souvenirs.
Après quelques hésitations, il s'approche d'elle pour lui toucher la main avec délicatesse.

GILLES. Je t'ai fait mal.

Spontanément, Lisa fait un signe de dénégation. Puis, elle se ravise et porte la main à son cou.

LISA. Juste quelques bleus. C'est pour cela que tu ne m'as pas vue, les premiers jours, à l'hôpital.

Gilles approuve avec lenteur.

GILLES. Je comprends mieux pourquoi tu ne veux plus que je te touche...

Lisa acquiesce en soupirant.
Gilles regarde autour de lui, comme si c'était la dernière fois.

GILLES. C'est à mon tour, maintenant.

Il se dirige vers sa valise, restée près de la porte. Lisa relève le visage, surprise.

LISA. Où vas-tu ?

GILLES. Je ne peux pas rester ici, Lisa. Pas après ce que je t'ai fait.

LISA. Mais...

GILLES. J'ai commis le seul acte qu'on ne peut pas pardonner. J'ai commis le seul acte qui t'ôte définitivement toute confiance en moi.

Accablé, il soulève son bagage et ouvre la porte. Lisa baisse la tête, ne trouvant rien à répondre.

GILLES. Lisa, j'ai une question, une seule avant de partir.
LISA. Oui.
GILLES. Est-ce qu'il y a un autre homme ?

Lisa prend le temps de répondre.

LISA. Non.
GILLES. Personne ?
LISA. Personne.
GILLES. C'est pire. Adieu.

Il passe le seuil.
Restée seule, Lisa se sent très mal. Loin de la soulager, ce départ l'angoisse. Après quelques gestes désordonnés, elle court vers Gilles et le rattrape dans le couloir.

LISA. Non, Gilles, reviens.

Elle le tire par le bras pour le faire rentrer dans l'appartement.

GILLES. C'est impossible, Lisa. Que puis-je ajouter après ce que j'ai fait ? Te demander de me pardonner ? Tu ne pourras jamais.

LISA. Assieds-toi. Si. Reste un instant. J'ai quelque chose à te dire.

Il cède. Elle referme la porte, satisfaite d'avoir déjà obtenu cela.
Gilles s'assied pendant que Lisa cherche ses mots.

LISA. Tu découvres la situation maintenant, mais moi, je la connais depuis quinze jours, la situation. Depuis quinze jours, j'y réfléchis, je la tourne et la retourne dans mon crâne. Si j'ai pris le parti de retourner te voir à l'hôpital, puis de te ramener ici, c'est... en connaissance de cause. Je savais que la mémoire te reviendrait ou que moi, du moins, je pourrais te la redonner.

GILLES. Je ne comprends pas.

Lisa se met à genoux devant Gilles.

LISA. Je te pardonne, Gilles.

GILLES. On ne pardonne pas ça.

LISA. Si. Depuis ce soir-là, je veux te pardonner. Et j'y suis arrivée. *(Un temps.)* Je t'ai pardonné.

Gilles reste muet, choqué. Il lui faut plusieurs secondes avant de murmurer d'une voix blanche :

GILLES. Merci.

Lisa sourit. Gilles aussi, plus faiblement, plus difficilement.
Il se lève. Surprise, elle vacille.

LISA. Que fais-tu ?
GILLES. Je pars. Merci d'avoir adouci mon départ.

Elle le retient.

LISA. Gilles, tu n'as pas compris ce que je viens de te dire.
GILLES. Si. Je crois.
LISA. Je veux que tu restes.

Elle le force à se rasseoir. Abasourdi, sans lui opposer aucune résistance, il se laisse faire.

LISA. Je souhaite que nous continuions à vivre ensemble.

GILLES. Mais... mais... Il y a quinze jours, tu me quittais.

LISA. C'était il y a quinze jours.

GILLES. Que s'est-il passé depuis ? Je t'ai frappée et j'ai perdu la mémoire.

LISA *(avec force)*. Je ne te quitte plus.

Gilles se frotte douloureusement la nuque, complètement désorienté par les revirements multiples de Lisa.

LISA. Je tiens à notre couple.

GILLES. Pourquoi ?

LISA. Hors de question qu'il se brise. J'y travaille depuis quinze ans. C'est mon œuvre. *(Se corrigeant.)* Notre œuvre. N'en es-tu pas fier, toi aussi ?

GILLES. Maintenir un couple par orgueil, c'est obéir à l'amour-propre, pas à l'amour.

LISA. Reste.

GILLES. Je suis désolé, Lisa, je ne te comprends

pas. Je n'ai déjà pas saisi pourquoi nous nous quittions il y a deux semaines, je perçois encore moins pourquoi nous resterions ensemble aujourd'hui.

LISA. On ne peut pas fausser compagnie à son destin. *(Un temps.)* Tu es mon destin. *(Avec douceur.)* Nous ne nous appartiendrons jamais physiquement, mais nous nous appartenons mentalement. Tu es tombé au fond de moi, je suis tombée au fond de toi, nous sommes captifs. Même lorsque tu n'es pas mon homme dans ma chair, tu es mon homme dans mes souvenirs, dans mes rêves, dans mes espoirs. C'est là que tu me tiens. Nous pouvons peut-être nous séparer, nous ne pouvons plus nous quitter. Tous ces jours où tu étais absent, absent d'ici, absent de toi-même, je continuais à t'adresser toutes mes pensées, je te faisais partager mes humeurs. Qu'est-ce que c'est, aimer un homme d'amour ? C'est l'aimer malgré soi, malgré lui, envers et contre tout. C'est l'aimer d'une façon qui ne dépend plus de personne. J'aime tes désirs et même tes aversions, j'aime le mal que tu m'infliges, un mal qui ne me fait pas mal, un mal que j'oublie tout de suite, un mal sans traces. Aimer, c'est cette endurance-là, celle qui permet de passer à travers tous les états, de la souffrance à la joie, avec la même intensité. Je t'aimais avant que tu veuilles me tuer. Je t'aime toujours après. Mon amour pour toi, c'est un noyau, une nébuleuse au fond de mon esprit, quelque chose que je ne peux plus atteindre ni changer. Une part de toi est en moi. Même si tu partais, cette part resterait. J'ai une forme de toi en moi. Je suis ton empreinte, tu es la mienne, aucun de nous deux ne peut plus exister séparément.

Il la contemple, bouleversé par cet aveu.

LISA. Alors ?
GILLES. Alors...

Comme il hésite encore, tendre, vulnérable, elle le supplie des yeux.

GILLES. Alors... je reste puisque je suis déjà là.

Cette fois-ci, c'est Lisa qui prend l'initiative du baiser, se donnant à lui comme jamais.

GILLES. Ça valait le coup : celui-ci ne ressemble pas aux autres.

LISA *(joyeuse)*. Nous allons sortir ensemble, prendre un verre quelque part, veux-tu ?

GILLES. A vos ordres.

LISA. Je vais me changer.

Elle disparaît promptement, impatiente de se faire plus belle.

Gilles reste seul. Il pousse un long soupir. Très ému, il est cependant loin d'éprouver l'allégresse de Lisa. Il pense et bouge avec douleur. Tout lui coûte.

Préoccupé, il se rend auprès de l'appareil à musique, choisit un disque et appuie sur le bouton. Un air de jazz langoureux emplit la pièce.

Comme si les notes lui dictaient quelque chose, un message secret, il les écoute avec attention. Ses yeux se mettent à briller. Il retrouve de la force, de la vigueur. Il sait ce qu'il va faire.

Lisa réapparaît, dans une nouvelle robe qui la met en valeur, et se montre à Gilles.

LISA. Est-ce que je te fais honte comme ça ?

Petits crimes conjugaux

GILLES. Tu me gênes beaucoup.
LISA. Alors c'est parfait.

Lorsqu'elle passe devant lui, il l'embrasse dans le cou, ce qu'elle le laisse faire avec volupté. Puis elle sort de son sac une trousse pour retoucher son maquillage.
Il l'observe.

GILLES. Cet air ne te rappelle rien ?
LISA. Je ne sais pas. Je ne pense pas.
GILLES. C'est la musique qui passait ce soir-là.

Lisa marque un temps d'arrêt. Pour elle, il y a une menace derrière ce que vient d'affirmer Gilles, une menace qu'elle décide de négliger en s'efforçant de continuer son maquillage.

GILLES. Je suis rentré tard vers huit heures. Rien n'était allumé. J'ai pensé que tu n'étais pas encore là. J'ai mis ce disque. J'ai allumé ce lampadaire, au-dessus de mon fauteuil à ressorts, j'ai ouvert le journal. Une fois assis, j'ai entendu un bruit de tissu derrière moi. J'ai pensé que l'air soulevait les rideaux. J'ai continué à lire. Puis il y a eu de nouveau un froissement de voiles. Je me suis retourné. J'ai juste eu le temps de te voir, dans la pénombre, brandir quelque chose puis j'ai reçu le coup.

LISA. Tu m'as vue.

Lisa penche la tête, coupable. Elle voudrait être ailleurs. Elle ne sait plus comment se conduire. Ses paumes se frottent nerveusement contre le tissu du canapé, l'une de ses mains attrape au passage le livre. Machinalement, Lisa le consulte, fait une grimace puis le tend à Gilles pour le lui rendre.

LISA. *Petits crimes conjugaux.* Finalement ton meilleur livre.

GILLES. Oui. Qui va tuer l'autre ? *(Un temps.)* J'avais cependant péché par naïveté, je n'avais pas osé imaginer qu'un conjoint puisse accuser l'autre du crime qu'il a lui-même commis. *(S'inclinant devant elle.)* Bravo, là, tu me dépasses.

LISA. Quand la violence s'installe dans un couple, peu importe qui la manifeste.

GILLES. Bravo, maître, très belle idée de plaidoirie.

Lisa hausse les épaules, maussade, fermée. Gilles s'approche et prend un ton plus doux.

GILLES. Quelle violence, Lisa ?

LISA *(explosant)*. La violence que ça fait, quinze ans ! La violence que tu me plais autant ! La violence que je te vois vieillir, que je me vois vieillir, sans renoncer à nous. La violence qu'il faudrait que je me lasse et que je ne me lasse pas ! La violence que tu es beau ! La violence que j'ai peur que tu partes ! La violence que tu es un homme et que je suis une femme ! Les hommes vieillissent mieux, ou du moins ils en sont persuadés, et les femmes aussi : alors tu brilles, tu plais, tu continues à plaire, les jeunes filles te sourient dans la rue plus que les jeunes hommes ne me sourient. Tu pourrais parfaitement te passer de moi tandis que je me sens incapable de vivre sans toi.

GILLES. C'est faux !

LISA. C'est vrai !

GILLES. Tu te trompes. Tu te trompes avec sincérité, mais tu te trompes.

LISA. Et alors ?

Petits crimes conjugaux

GILLES. Lisa, on ne tue pas pour ça.

Le ton de Lisa est déchirant de sincérité.

LISA. Qu'est-ce que tu en sais ? Je n'ai pas voulu te tuer, j'ai simplement voulu arrêter de souffrir.

Elle se met à sangloter.

GILLES. Pourquoi bois-tu ? *(Elle ne répond pas.)* Tu voudrais arrêter de souffrir ? *(Elle approuve.)* Tu voudrais devenir moche, grosse, bouffie et hors d'usage avant l'heure ? *(Elle approuve. Il sourit.)* Tu voudrais me provoquer ? Pour que je circule avec une femme soufflée comme un pop-corn qui toisera les autres en pensant : « Regardez, c'est quand même avec moi qu'il est resté » ? *(Elle approuve encore, de façon enfantine.)* Tu me dis oui ? Tu me diras toujours oui... Oui pour me satisfaire. Oui pour avoir la paix. Oui plutôt que de dévoiler la vérité. *(Un temps.)* Où as-tu mal ? Je me doute bien que tu es incapable de me l'avouer, sinon tu ne boirais pas dans mon dos, sinon tu ne me frapperais pas dans le dos. On fait ce qu'on ne sait pas dire. Tu devrais pourtant essayer de me l'expliquer...

Lisa a un signe de dénégation. Il insiste avec douceur, comme si Lisa était une enfant.

GILLES. Tu as l'impression que c'est très compliqué alors que ça doit être très simple. Compliqué à confier. Mais très simple à penser puisque tu y penses tout le temps.
LISA *(entre deux sanglots).* Notre couple...
GILLES *(l'encourageant).* Oui.
LISA. Il compte pour moi, il ne compte pas pour toi.
GILLES *(de même.)* C'est faux, mais continue... Continue...
LISA. Pour toi, c'est juste un arrangement pratique.
GILLES. C'est faux, mais continue.
LISA. Le destin de l'amour, c'est la décadence. C'est toi qui l'as écrit dans ton livre, *Petits crimes conjugaux*. Horrible ! Lorsque je l'ai lu, j'avais l'impression de surprendre une conversation que je ne devais pas entendre, une conversation où tu disais du mal de moi et plein de saloperies sur nous, une conversation qui me faisait perdre mes illusions. La décadence de l'amour ! Les ter-

Petits crimes conjugaux

mites ! Ces insectes qui bouffent les poutres et les charpentes. On ne les voit pas, on ne les entend pas, ils grignotent jusqu'à ce qu'un jour la maison s'écroule. Tout était devenu creux sans qu'on le sache. L'architecture, la structure, tout ce qui était censé soutenir les murs : du vide ! Voilà notre couple ! La paresse remplace l'amour, les habitudes dégagent les sentiments, ça a l'apparence d'une maison, or les colonnes ne sont plus en bois, c'est du carton, c'est du papier mâché. Tendresse ? Au début, tu m'as préférée mais est-ce que tu me préfères toujours ? Tu prétends que tu m'aimes mais est-ce que je te plais toujours ? Comme je suis là, la question a disparu, et le désir aussi. Tu ne souhaites plus vivre avec moi puisque tu vis avec moi. Je ne suis plus ton évasion, je suis ta prison, tu te cognes à moi, tu me subis.

GILLES. Mais je veux continuer. Enfin, je voulais...

LISA. Continuer pourquoi ? Là aussi, je t'ai lu. Hommes et femmes ne restent ensemble que par ce qu'ils ont de plus bas, de plus vil et de plus laid en eux : l'intérêt, l'angoisse du changement, la crainte de vieillir, la peur de la solitude. Ils s'engourdissent, ils s'amenuisent, ils abandonnent l'idée qu'ils peuvent faire quelque chose de leur vie, ils ne se tiennent la main que pour ne pas marcher seuls vers le cimetière. Tu n'es resté avec moi que pour de mauvaises raisons.

GILLES. Tandis que toi, naturellement, tu n'en avais que des bonnes ?

LISA. Oui.

GILLES. Lesquelles ?

LISA. Toi.

Quoique ému par la violence avec laquelle elle avoue son attachement, Gilles ne peut s'empêcher d'ironiser.

GILLES. Tu m'aimes, donc tu me tues ?

Lisa, la nuque cassée, les yeux au sol, murmure plus pour elle-même que pour lui :

LISA. Je t'aime et ça me tue.

Gilles comprend qu'elle est sincère.

Petits crimes conjugaux

LISA. Ce jour-là, je souffrais beaucoup, j'étais seule. J'ai bu. Un peu d'abord. Juste pour t'attendre. Mais tu ne rentrais pas. J'ai continué. Plus je t'attendais, plus tu me manquais. Plus je t'attendais, plus tu faisais exprès de t'attarder. Plus je t'attendais, plus tu me narguais, me méprisais, me piétinais ! Je raisonnais avec clarté : s'il ne me dit jamais qu'il me trompe, c'est qu'il me trompe tout le temps ; s'il ne me parle jamais d'autres femmes, c'est qu'il en voit constamment ; s'il ne laisse jamais traîner d'indices compromettants, c'est qu'il est parfaitement organisé. Boire, c'est croire qu'on vient de fermer sa porte à l'ennemi alors qu'on vient de l'installer chez soi, de façon définitive, derrière les verrous du silence. On boit pour noyer une idée, mais on ne parvient qu'à en faire une obsession. Le soupçon qu'on veut détruire, l'alcool le rend plus fort, plus vivace, il lui donne toute la place. Je me suis persuadée que tu étais en train de m'abandonner. Ça me semblait probable au début de la bouteille, certain en l'achevant. Lorsque tu es arrivé, j'étais ivre de rage. Je me suis cachée et je t'ai frappé.

GILLES. Tu as pensé que j'étais avec une autre femme ?

LISA *(prenant un air fermé).* Ça ne me regarde pas.

GILLES. Tu as pensé que j'étais avec une autre femme ?

LISA. Tu fais ce que tu veux, je ne tiens pas à le savoir.

GILLES. Tu as pensé que j'étais avec une autre femme ?

LISA. Nous sommes un couple libéral, tu vas où tu veux, moi aussi, nous ne reviendrons pas là-dessus.

GILLES. C'est donc bien ce que tu as pensé !

LISA. Ah ! je t'en prie, n'essaie pas de me faire croire que j'étais jalouse.

GILLES. Mais si, soyons simples : tu étais jalouse.

LISA *(hors d'elle).* Non !

GILLES. Allons donc, c'est primaire mais c'est ton cas.

LISA. Je ne suis pas primaire !

GILLES. Si ! En société, tu prétends avoir l'esprit ouvert, mais en réalité tu ne supportes pas l'idée que je puisse toucher une autre femme.

LISA. Evidemment ! Toutes ces conneries qu'on dit lors des dîners en ville pour avoir l'air malin en se passant les plats !

GILLES. Donc, tu n'es pas libérale ?

LISA. Surtout pas !

GILLES. Donc, tu es jalouse ?

LISA. Très !

GILLES. Donc, nous ne sommes pas un couple libre ?

LISA. En théorie seulement. De façon très abstraite. Entre le fromage et le café. Pas le reste du temps.

GILLES. Je ne suis pas d'accord.

LISA *(violente)*. Moi non plus, je ne suis pas d'accord avec moi-même. C'est parce que je n'ai pas qu'un cerveau, j'en ai deux. Si, Gilles ! Deux cerveaux. Le moderne et l'archaïque. Le moderne respecte ta liberté, se grise de tolérance, fait preuve de compréhension avec tellement de sophistication, mais l'archaïque te veut pour moi toute seule, refuse de te partager, sursaute au premier coup de téléphone non identifié, gamberge devant une note de restaurant inexpliquée,

Petits crimes conjugaux

s'assombrit au moindre changement de parfum, s'inquiète lorsque tu reprends le sport ou achètes de nouveaux vêtements, suspecte ton sourire, la nuit, lorsque tu rêves, projette un meurtre à l'idée qu'une autre femme t'embrasse, que deux bras t'attrapent le cou, que deux jambes s'ouvrent sous toi... C'est un reptile tapi au fond de moi, aux yeux jaunes et perçants, en éveil, qui ne se repose jamais, c'est moi, Gilles, c'est aussi moi. Même avec des cours intensifs et deux mille cinq cents ans d'éducation, tu ne pourras m'arracher ce qu'il y a d'animal, d'instinctif dans l'amour.

GILLES. Lisa, le couple est une maison dont les habitants possèdent la clé. Si on les enferme de l'extérieur, elle devient une prison et eux des prisonniers.

LISA. Connais-tu des gens qui ne vont quelque part que pour s'en évader ? Tu es comme ça.

GILLES. Non.

LISA. Tu vois des femmes, tu as des rendez-vous, tu grouilles de désirs.

GILLES. Tu es ma santé. Mes rencontres sont ma fièvre.

LISA. Tu t'enrhumes beaucoup.

Petits crimes conjugaux

GILLES. C'est ce que tu crois. Tu n'en sais rien.

LISA. Non. Mais j'imagine...

GILLES. Tu sais ou tu imagines ?

LISA *(hurlant)*. J'imagine ! Mais c'est pareil. Ça fait aussi mal !

GILLES. Peut-être plus. *(Un temps.)* Les termites ! Je sais où ils sont, les termites : dans ton crâne.

LISA. Comment faire autrement : tu ne me dis rien.

GILLES. Tout dire ne me semble pas respectueux. Remarque, ce soir-là, tu avais raison : j'étais avec une femme.

LISA *(triomphante)*. Ah, tu vois !

GILLES. Avec Roseline, mon éditeur.

LISA *(déstabilisée)*. Roseline ?

GILLES. Oui. L'énorme, l'incontournable Roseline. Celle que tu appelles gentiment la vache sans cornes.

LISA. C'est vrai qu'elle n'a pas de cornes, non ?

Gilles et Lisa se regardent puis éclatent de rire. L'éclat est bref mais les décrispe un peu.

GILLES. Si je résume, je suis coupable de ton imagination. Mon procès s'est passé ici, sans moi, sans contradiction, sans défense, entre deux bouteilles de whisky planquées derrière mes livres. Tu m'as assommé parce que, dans tes rêveries, un Gilles virtuel se passait de toi, se fichait de toi en se roulant dans les bras des autres ! Le problème, c'est que tu n'as pas tapé sur une tête imaginaire, mais bien sur la mienne.

LISA. Pardon.

GILLES. Remarque, c'était mon tour. D'ordinaire, tu t'en prenais à toi-même en sirotant du poison.

LISA. Pardon.

GILLES. Peut-être n'es-tu faite que pour les histoires courtes, les histoires qui commencent.

LISA *(protestant)*. Non.

GILLES. Il y a quelqu'un en toi qui ne veut pas vieillir avec moi. Il y a quelqu'un en toi qui souhaite mettre fin à notre relation.

LISA. Non.

GILLES. Si, si. Tu préfères les histoires que l'on maîtrise : tu ne supportes sans doute pas l'abandon.

Petits crimes conjugaux

LISA. L'abandon ?

GILLES. Que les choses t'échappent. Que les situations soient trop fortes. Que les sentiments soient trop grands pour toi. Si l'on veut être certain de tout, alors il faut se contenter d'histoires courtes. Des liaisons balisées, reconnaissables, avec un commencement, un milieu, une fin, un chemin marqué par des étapes bien claires : le premier sourire échangé, le premier fou rire, la première nuit, la première dispute, la première réconciliation, le premier ennui, le premier malentendu, les premières vacances ratées, la première séparation, la deuxième, la troisième, puis la vraie. Après, on recommence. Pareil, mais avec un autre. On appelle ça une vie d'aventures, c'est plutôt une vie sans aventures, une vie en séries. Ce n'est pas raisonnable d'aimer toujours, d'aimer longtemps, c'est de la folie pure. La raison, c'est d'aimer juste le temps où c'est agréable. Voilà, le rationalisme amoureux : aimons-nous le temps que nos illusions tiennent, dès qu'elles tombent quittons-nous. Sitôt que nous sommes en face de quelqu'un de réel, non plus quelqu'un de rêvé, séparons-nous.

LISA. Non, non, je ne veux pas ça.

Petits crimes conjugaux

GILLES. C'est contre nature d'aimer toujours, d'aimer longtemps.

LISA. Non.

GILLES. Alors pour que ça dure, il faut accepter l'incertitude, avancer dans des eaux dangereuses, là on l'on ne progresse que si l'on a confiance, se reposer en flottant sur des vagues contradictoires, parfois le doute, parfois la fatigue, parfois la sérénité, mais en gardant le cap, toujours.

LISA. Tu ne te décourages jamais ?

GILLES. Si.

LISA. Et alors ?

GILLES. Je te regarde et je pense : est-ce que, malgré mes doutes, mes soupçons, mes inquiétudes, ma lassitude, j'ai envie de la perdre ? Et la réponse me vient. Toujours la même. Et le courage avec. C'est irrationnel d'aimer, c'est une fantaisie qui n'appartient pas à notre époque, ça ne se justifie pas, ce n'est pas pratique, c'est à soi-même sa seule justification.

LISA. Si jamais j'arrivais à avoir confiance en toi, alors ce serait en moi que je n'aurais plus confiance. J'ai du mal à avoir confiance.

GILLES. « Avoir » confiance. On n' « a » jamais confiance. La confiance ne se possède pas. Ça se donne. On « fait » confiance.

LISA. Justement, j'ai du mal.

GILLES. Parce que tu te poses en spectatrice, en juge. Tu attends quelque chose de l'amour.

LISA. Oui.

GILLES. Or c'est lui qui attend quelque chose de toi. Tu souhaites que l'amour te prouve qu'il existe. Fausse route. C'est à toi de prouver qu'il existe.

LISA. Comment ?

GILLES. Faire confiance.

Lisa comprend, mais ne peut admettre ni ressentir ce que Gilles dit. Un sentiment d'insécurité l'encombre. Elle cherche quoi faire d'elle-même, de son corps.

LISA. Je... je... je vais chercher ma valise.

Elle guette une approbation dans l'attitude de Gilles. Comme il ne réagit pas, elle insiste.

LISA. Elle est prête depuis quinze jours.

Gilles ne bronche pas. Elle monte les marches et redescend avec son bagage, s'arrêtant néanmoins devant lui.

GILLES. Il ne te viendrait pas à l'idée que je te pardonne ?

Lisa rejette sa générosité.

LISA. Ça fait beaucoup à pardonner. Mes doutes... mon coup... mon mensonge...

GILLES. Je peux te faire un lot.

LISA. Je t'ai fait trop souffrir.

GILLES. Je ne regrette pas ma souffrance si elle est le prix à payer pour nous.

De façon puérile, Lisa refuse de nouveau en dodelinant du front.

GILLES. Tout à l'heure, tu m'as bien pardonné, toi.

LISA. C'était plus facile, tu n'as pas essayé de me tuer.

GILLES. Ce que j'entendais, c'était une autre chanson, j'entendais : « Je veux vivre avec toi. »

LISA. Oui.

GILLES. Tu ne veux plus ?

LISA. Non. Tout à l'heure, tu ne savais pas. Tu croyais que c'était toi qui...

GILLES. Non. Je le savais déjà.

Lisa n'ose le croire. Il insiste lentement.

GILLES. Je me souviens de tout. Dès que j'ai repris conscience sur la civière, je suis revenu à moi-même. Je n'ai jamais perdu la mémoire.

LISA. Quoi ?

GILLES. Mon amnésie, c'était une façon d'enquêter, de comprendre, je voulais saisir pourquoi tu me haïssais au point de me frapper dans le noir. Mon amnésie, c'était un mensonge pour revenir, te retrouver. Je ne t'ai menti que par amour.

Elle le regarde avec dureté. Il continue cependant avec douceur.

GILLES. Toi et moi, après quinze ans, nous n'avions plus que le mensonge pour parvenir à la vérité.

LISA *(farouche)*. La vérité ? Eh bien voilà, tu la sais, je la sais, la vérité ! Et alors ? Hein ? Qu'est-ce qu'on fait avec la vérité ? Qu'est-ce qu'on fait ? Rien !

GILLES. Ce qu'on doit partager dans un couple, ce n'est peut-être pas la vérité mais le mystère. Mystère que tu me plais. Mystère que je te plais. Mystère que ça ne passe pas.

LISA. Ça passera !

Elle se remplit un verre de whisky et l'avale cul-sec. Puis, s'emparant de sa valise, elle se dirige vers la sortie.

GILLES. Je te pardonne, Lisa.

LISA. Tant mieux pour toi !

GILLES. Accepte que je te pardonne, s'il te plaît.

LISA *(avec mauvaise humeur)*. Bravo, tu es magnifique.

GILLES. Mais ça ne sert à rien que je te pardonne si toi, tu ne te pardonnes pas.

Frappée par cette idée, elle s'arrête sur le seuil. Elle se retourne avec colère.

LISA. Est-ce que tu n'en as pas assez d'avoir le beau rôle ?

GILLES *(frottant sa blessure)*. Le beau rôle ? Ça m'avait échappé.

LISA. J'en ai assez. Assez que tu devines la boue que j'ai dans le cerveau, assez que tu me comprennes, que tu m'excuses, que tu me pardonnes. Je voudrais que tu me haïsses, que tu me cognes, que tu m'insultes. Je voudrais que tu aies aussi mal que moi.

Gilles lui désigne le litre de whisky.

GILLES. Encore un verre pour la route ?

Furieuse d'être provoquée, Lisa arrache la bouteille, porte le goulot à ses lèvres et, crânement, boit jusqu'à la dernière goutte.

Petits crimes conjugaux

LISA. Voilà.

GILLES. Parfait.

LISA. J'en ai assez que tu sois mieux que moi.

GILLES. Tout à l'heure, j'étais pire.

LISA. Finalement, tu es mieux. Mais c'est insupportable aussi.

GILLES. Désolé d'être moi.

Elle va vers la porte. Il tente de la retenir.

GILLES. On s'aime, Lisa : on ne va pas se quitter !
LISA. Oui. On s'aime, mais on s'aime mal. Adieu.

Elle ouvre la porte.

GILLES. Lisa, je veux te remercier.
LISA. Pardon ?
GILLES. Je ne faisais plus attention à toi. Je t'avais recouverte de tendresse, comme on voile un visage de femme ; derrière, je ne voyais plus tes traits. Je n'osais même pas te demander pourquoi tu buvais. Je me reposais sur la durée de notre couple – quinze ans – sans percevoir que le temps

n'est pas un allié en amour. Merci d'avoir assassiné le couple qui s'endormait. Merci d'avoir tué les étrangers que nous étions devenus. Il n'y a qu'une femme pour avoir ce courage.

Elle hausse les épaules. Pour la retenir, il continue.

GILLES. Les hommes sont lâches, ils refusent de voir les problèmes chez eux, ils veulent continuer à croire que tout va bien. Les femmes, elles, ne détournent pas la tête.

LISA. Ecris ça dans ton prochain livre, tu gagneras des lectrices.

GILLES. Les femmes affrontent les problèmes, Lisa, mais elles ont tendance à croire qu'elles sont elles-mêmes le problème, que l'usure du couple tient à l'usure de leur séduction, elles s'estiment responsables, coupables, elles ramènent tout à elles.

LISA. Les hommes pèchent par égoïsme, les femmes par égocentrisme.

GILLES. Un partout. Match nul.

LISA. Zéro partout. Match totalement nul. Adieu.

Petits crimes conjugaux

GILLES. Je suis revenu, Lisa, revenu ici, dans notre vie, dans notre couple. Après l'accident, je ne suis pas devenu amnésique, non, mais avant l'accident, je l'étais. Amnésique parce que je partageais mes jours et mes nuits avec toi mais que je me contais une histoire différente. Amnésique parce que je bandais pour toi et que je me retournais ostensiblement sur les autres femmes. Amnésique parce que j'éprouvais un sentiment insurmontable envers toi et que je préférais parler de mes petites pulsions. Amnésique parce que je t'étais au fond fidèle mais que j'aurais crevé la gueule ouverte plutôt que l'avouer. Je t'adorais et j'oubliais de te le dire. Je ne suis qu'un homme, Lisa, et la caractéristique des hommes, c'est qu'ils refusent leur destin. Ils préfèrent leur liberté. Mais qu'est-ce que c'est, une liberté qui ne s'engage pas ? Une liberté creuse, vide, inconsistante, une liberté qui ne choisit rien, une liberté velléitaire, une liberté préventive. Les hommes fantasment la liberté plus qu'ils ne l'utilisent, ils la gardent précieusement sur une étagère au lieu de l'employer. Là, elle sèche, se racornit et meurt bien avant eux. Car la liberté n'existe que si l'on s'en sert. Les hommes sont silencieusement romanesques : ils vivent quelque chose et se racontent autre chose. Ils doublent leur vie d'une autre vie, secrète, désirée, imaginée, dont ils sont les poètes muets. Dans tes bras, heureux pour la millième fois, je me voyais néanmoins comme un fauve à même de séduire toutes les femmes. Dans cet appartement, le jour même où nous l'achetions, je m'espérais toujours prêt à prendre le large. A terre, je me crois un marin ; sur mer, un constructeur. Amoureux, je me voulais sans entrave. Marié, je me désirais infidèle. J'étais double, Lisa, double et fier de l'être, je marchais à côté de moi-même, inapte à me contenter de la réalité, impuissant à m'émerveiller, n'habitant quelque part que pour m'en évader. Te dire à quel point je t'aimais, je ne le pouvais : cela revenait à passer des menottes à mon double. Admettre que notre couple était ma plus grande aventure aurait poussé mon double à se moquer de moi. Voilà, je suis revenu. J'ai laissé mon double à l'hôpital. Il est mort sous ton coup. Paix à son âme troublée. Personne ne le regrette. *(Il la contemple avec douleur.)* Je t'aime, Lisa, je suis jaloux de ce que tu as fait pour nous. Je t'aime parce que tu n'es pas tendre. Je t'aime parce que tu me tiens tête. Je t'aime parce que tu es capable de me frapper. Je t'aime parce que tu restes une belle étrangère. Je t'aime parce que tu ne feras l'amour avec moi que si tu le veux bien.

LISA. Et si je te tue ?

GILLES. Si je dois mourir, je veux que ce soit par toi. Ton absence, elle va m'empoisonner, elle ne me tuera pas. Reste s'il te plaît, reste avec moi. Je ne veux pas d'autre femme. Je ne veux pas d'autre assassin.

LISA. Adieu.

Elle quitte la pièce. On entend ses pas s'éloigner.

Resté seul, Gilles hésite. Il tourne un peu en rond. Puis il se décide à éteindre toutes les lampes, comme s'il allait se coucher. Il ne laisse que le lampadaire qui éclaire son fauteuil de lecture.

Passant près de l'appareil à musique, il remet le morceau de jazz puis va s'asseoir, pensif, dans le rond de lumière.

Lisa rentre lentement, affaiblie, titubante, sans sa valise.

Il l'entend mais il fait exprès de ne pas se retourner. Il attend.

Elle arrive derrière lui.

LISA. Je crois que j'ai vomi sur ta voiture.

Gilles est heureux, mais il contrôle son émotion. Sans la regarder, il prend le parti de répondre avec naturel, mimant la scène de leur rencontre.

GILLES. De toute façon, je ne supporte pas sa couleur. Je l'aurais souhaitée plus originale.
LISA. Maintenant, elle est unique !

Ils rient. Lisa comprend qu'elle peut continuer ainsi, sur ce mode léger. Elle prend les répliques qui étaient celles de Gilles la première fois.

LISA. La vie est vraiment rosse.
GILLES. La vie n'en fait qu'à sa tête.

Elle passe devant lui et le regarde.

LISA. Quel genre d'homme êtes-vous ?
GILLES. Le vôtre ?
LISA. Je vous le confirme. Chaque phrase me coûte une suée dans les reins, j'ai l'impression

d'avoir le cerveau engourdi, tous les symptômes d'un malaise qu'on appelle l'attirance irrésistible.
GILLES. Désolé, je n'ai pas de remède.
LISA. Vous êtes le remède.

Ils se sourient.

GILLES. Est-ce qu'il y a quelqu'un dans votre vie ?
LISA. En ce moment, il y a toi.

Créée à Paris au Théâtre Edouard VII

Mise en scène de Bernard Murat
Avec
Charlotte Rampling
Bernard Giraudeau

Créée à Bruxelles au Théâtre Le Public

Mise en scène Patricia Houyoux
Avec
Isabelle Roelandt
Michel Kacenelenbogen

DU MÊME AUTEUR

Aux Éditions Albin Michel

Romans

LA SECTE DES ÉGOÏSTES, 1994.
L'ÉVANGILE SELON PILATE, 2000.
LA PART DE L'AUTRE, 2001.
LORSQUE J'ÉTAIS UNE ŒUVRE D'ART, 2002.

Récits

MILAREPA, 1997
MONSIEUR IBRAHIM ET LES FLEURS DU CORAN, 2001.
OSCAR ET LA DAME ROSE, 2002.

Essai

DIDEROT OU LA PHILOSOPHIE DE LA SÉDUCTION, 1997.

Théâtre

LA NUIT DE VALOGNES, 1991.

LE VISITEUR (Molière du meilleur auteur), 1993.

GOLDEN JOE, 1995.

VARIATIONS ÉNIGMATIQUES, 1996

LE LIBERTIN, 1997.

FRÉDÉRICK OU LE BOULEVARD DU CRIME, 1998.

HÔTEL DES DEUX MONDES, 1999.

*Le Grand Prix du Théâtre de l'Académie française 2001
a été décerné à Eric-Emmanuel Schmitt
pour l'ensemble de son œuvre.*

Site Internet : eric-emmanuel-schmitt.com

La composition de cet ouvrage
a été réalisée par I.G.S. Charente Photogravure,
à l'Isle-d'Espagnac
l'impression et le brochage ont été effectués
sur presse Cameron dans les ateliers
de Bussière Camedan Imprimeries
à Saint-Amand-Montrond (Cher),
pour le compte des Éditions Albin Michel.

Achevé d'imprimer en octobre 2003.
N° d'édition : 22149. N° d'impression : 034642/1.
Dépôt légal : septembre 2003.
Imprimé en France